La última grulla de papel

Editorial Bambú es un sello
de Editorial Casals, SA
© 2020, Kerry Drewery
Publicado por primera vez en inglés con
el título *The Last Paper Crane* por Hot Key
Books, un sello de Bonnier Books UK.
© 2020, Zulema Couso, por la traducción
© 2020, Editorial Casals, SA, por esta edición
Casp, 79 – 08013 Barcelona
Tel.: 902 107 007
editorialbambu.com
bambulector.com

Ilustración de la cubierta: Eva Sánchez
Diseño de la colección: Estudi Miquel Puig

Primera edición: septiembre de 2020
ISBN: 978-84-8343-607-3
Depósito legal: B-12659-2020
Printed in Spain
Impreso en Anzos, SL
Fuenlabrada (Madrid)

La última grulla de papel

de papel

KERRY DREWERY

Traducción de Zulema Couso

bam
bú

EDITORIAL

Nota de la autora

En 1983, con once años, fui con una amiga a ver *El retorno del Jedi* al cine. En aquella época, acababan de empezar a poner cortos antes de la película principal, y la amenaza de la Guerra Fría y de un armagedón nuclear estaba muy presente. El corto que pusieron antes de *El retorno del Jedi* era un publirreportaje sobre qué pasaría en caso de un ataque nuclear. Decían que el aviso llegaría demasiado tarde y que mucha gente no tendría tiempo de volver a casa con su familia.

Al escuchar aquello, me dieron ganas de marcharme del cine; quería estar con mis padres y con mi hermano por si lanzaban la bomba. No me marché y la bomba no cayó aquella noche, pero el miedo me seguía retumbando en los oídos.

Durante los años siguientes, leí *Juegos de guerra*, de David Bischoff, y *Cuando el viento sopla*, de Raymond Briggs; vi la película *Threads* y escuché *Two Tribes* de Frankie Goes to Hollywood y *99 Red Balloons* de Nena.

El miedo me llevaba a querer entender.

Leí todo lo que pude sobre Hiroshima, pero todo esto fue antes de la era de internet y no había tanta información disponible.

La Guerra Fría perdió fuerza, llegué a la adolescencia, las cosas cambiaron, pero el recuerdo de aquel miedo seguía conmigo.

Unos años más tarde, el número de países con armas nucleares aumentó, todavía más países las estaban desarrollando, y, a medida que el panorama político iba cambiando y la amenaza volvía a tornarse real, me topé con un artículo sobre un superviviente de Hiroshima en el que recomendaba un libro, *Hiroshima*, de John Hersey. Lo pedí, me lo leí del tirón, lloré.

Creía que entendía lo que había ocurrido en Hiroshima, pero en realidad no tenía ni idea. Animé a más gente a leerlo y recurrí a internet y a más libros, documentales y películas; quería saberlo todo, quería entenderlo.

Eché la vista atrás a la historia y miré a mi alrededor, a la amenaza actual. ¿Qué habíamos aprendido? ¿Podía volver a ocurrir? ¿Se había acallado el dolor con el paso del tiempo? ¿Nos estábamos olvidando de lo sucedido?

Fue un episodio de la historia que debería seguir resonando en el tiempo para siempre, pero ¿se estaba borrando de nuestras memorias?

Como escritora, quería explorar este tema. No pretendía analizar quién hizo qué ni por qué, lo que se debería o se podría haber hecho; no, lo que me interesaba era la gente, sus historias, los supervivientes, las vidas y los amores perdidos, los futuros borrados, los arrepentimientos, la tristeza, la culpa de tantos. El miedo.

El proceso de investigación me rompió el corazón.

No soy japonesa. No lo viví en persona. No conozco a nadie que estuviera allí.

Pero no podía olvidarme de la historia. No paraba de pensar en que, si solo cuentan su versión quienes la vivieron, entonces poco a poco desaparecerá del tiempo y la memoria. Hay cosas demasiado importantes y no podemos dejar que se pierdan, hay cosas que no deberían caer en el olvido nunca. Todos tenemos demasiado que perder.

El miedo no es exclusivo de ninguna década, género, país o cultura.

La culpa, tampoco.

Ni el amor.

La última grulla de papel trata de todo eso.

KERRY DREWERY

Me acuerdo de mi abuelo, Walter Gage,
de Lincoln Green, Tower Gardens, The County Hotel,
de madame Cholet con un penique en el
bolsillo, de Jack, el payaso musical,
de sentarme en tu regazo,
de una sonrisa en una fotografía.

Todos
somos
historias.

Yo,
mi madre,
la abuela.
Mis amigos.

Incluso tú,
abuelo Ichiro.

Especialmente tú.

Antes creía que nuestras historias,
como nuestras vidas,
son lineales.
Pero me equivocaba.

Hay círculos,
dentro de círculos.
Que se solapan,
que se conectan.

Que crean ondas
que resuenan
en la vida,
pero que muy a menudo desaparecen
de la memoria.

Tu historia, abuelo,
    se habría olvidado.

Se habría perdido.

Pero la salvamos,
    tú y yo,
    para que se extienda
    a lo largo del tiempo
    para siempre.

PARTE 1

Japón, 2018

Mis dedos recorren los lomos torcidos.
    Palabras borrosas.
    Páginas amarillentas.
    «¿Cuál?», pregunto.
    «Tú eliges, Mizuki», refunfuña mi abuelo.
    Noto el malhumor en su voz.

Levanto la vista.
    Filas de libros
    en filas de estantes.
    Se comban por el peso
    formando sonrisas.
    –Los libros son mágicos –murmuro–.
    Tú me lo enseñaste –susurro.
    Refunfuña desde la cama, a mi espalda.
    –Bobadas para niños.

Suspiro.

Echo de menos cómo era
antes de que muriera la abuela.
Su luz.
Su sonrisa.
Su capacidad para maravillarse.

–Pero, las historias... –empiezo a decir.

–Son solo palabras, nada más –me responde.
Me giro, sobresaltada.
–Déjame solo.
Se le quiebra la voz.
–Pero...
–¡Márchate! –me grita.
Cojo un libro de la estantería
y doy
un portazo
al salir.

Nuestros recuerdos
acongojan el alma
cual hojas muertas.

El libro que he cogido de la habitación del abuelo
	reposa sobre la mesa.
	Trazo con la mano las letras en relieve.
	En su interior, los personajes tamborilean con
	los dedos.
	Mueven los pies.
	Suspiran con impaciencia.
	–Pronto podréis contarme vuestra historia
	–les digo–.
	Él ya no quiere leer,
	pero yo os liberaré.

Cuando era pequeña,
	el abuelo me leía.
	Sentado sobre mi cama, su voz llenaba
	la habitación.
	Su mano flotaba en el aire con las palabras.
	Su voz seguía el ritmo de la emoción.

Cuando ya no tenía edad
	para los cuentos de antes de dormir,
	seguíamos compartiendo libros,
	seguíamos charlando,
	debatiendo,
	entusiasmándonos,
	sobre las historias.
	Siempre había historias.

Pero ya no.
Cuando la abuela murió,
algo en él se fue.
Me doy cuenta de que lo echo de menos.
Echo de menos quién era.

Mi madre se prepara un té.
–¿Qué vas a hacer hoy?
Me trago el yogur.
–Estudiar en la biblioteca –respondo.
Rodea la taza con los dedos.
–¿No puedes estudiar aquí?
Cuatro palabras que esconden un millón.

La puerta chirría.
Entra arrastrando los pies.
–Qué amanecer tan bonito –proclama.
Sonríe.
¿Va a tener un buen día?
¿O nada más la mañana?
Solo el tiempo lo dirá.

Mi madre frunce el ceño.
Su cara se llena de preocupación.
–¿Puedes quedarte, Mizuki? Tengo que ir
a trabajar.
–No te quedes en casa por mí
–responde el abuelo–.
Estoy bien solo.

No decimos nada
　　ninguno de los tres.
　　Sabemos que
　　después de pasar
　　minutos y horas solo
　　esas palabras dejarán de tener sentido.

Miro a mi madre.
　　¿Dónde está
　　mi madre sin arrugas?
　　Asiento.
　　Su alivio se transforma en un suspiro.
　　Su sonrisa me alegra el corazón.

La culpa roe.
Molesta y oprime.
Vacía todo.

La puerta de casa se cierra,
se escucha la puerta del portal,
suena el tictac del reloj
y la cara del abuelo
se ensombrece.

Sombras del pasado
le pesan en el alma.
¿En qué piensa
que le afecta tanto?

¿Qué es lo que oprime
al hombre
que me enseñó
a montar en bicicleta?

Al hombre que
le tomaba el pelo a la abuela
por aprender a bailar *rock and roll*
y que después
aprendió él mismo.

Al hombre que me despertaba
para enseñarme
las estrellas
en noches despejadas.

Al hombre que jugaba al ajedrez
       con sus amigos.
       Que hacía mermelada
       cada año.

Al hombre que
       sonreía
       y se reía a carcajadas
       y vivía
       cada día.

Echo de menos
       a ese hombre.

Sus dedos revolotean
       sobre el libro en la mesa.
       Roza el lomo roto con la palma de la mano.
       –Ya no hay magia –comenta.

–Soy una mala persona –dice.
       Y se marcha.
       Sale de la cocina
       y recorre el pasillo
       hasta su habitación.

Lo sigo.
       Los libros de sus estanterías contienen
       la respiración.
       ¿Qué saben?
       ¿Qué le han escuchado murmurar

mientras dormía?
La sonrisa de la estantería
abombada por el peso
se transforma en una mueca.

Me da la espalda.
    –Hice algo horrible, Mizuki.
    Ya no puedo esconderlo.

»Tu abuela lo entendía.
    –Levanta un brazo
    y se golpea el pecho
    con el puño.

»Entendía
    este
    dolor.
    Esta
    culpa.

»Me ayudó
    a soportarla.
    A sobrellevarla.

»Ahora solo quedo yo
    para recordarlo.
    Pero soy viejo y pronto...
    moriré.
    Y entonces...

Levanta el brazo.
　　La mano forma un puño.
　　Después estira los dedos.
　　Un gesto que imita
　　una explosión.

–Incluso su recuerdo
　　se perderá.

Se puede palpar
　　su melancolía,
　　su tristeza,
　　su frustración.

–No lo entiendo –le digo–.
　　¿Te refieres a la abuela?
　　Siempre la recordaré.
　　Siempre.

Niega con la cabeza
　　y se agacha hacia el suelo.
　　Le crujen las rodillas.
　　Saca una caja de debajo de la cama.

–No sabes lo que hice –me dice–.
　　Pero tengo que contártelo.
　　Alguien más joven
　　debe saberlo.

Saca un libro de la caja.
　　Es el tomo más viejo que he visto.
　　La cubierta está borrada,
　　la encuadernación, agrietada.
　　Pero no tiene páginas.

Lo abre.
　　Me equivocaba.
　　Queda una página.
　　La arranca.
　　La dobla.
　　Una vez, otra vez.
　　Y otra.
　　Un proceso complicado.
　　Preciso.
　　Movimientos que ha repetido
　　más de mil veces.

–Escúchame –me dice–.
　　Júzgame después.
　　Ódiame
　　o quiéreme,
　　perdóname
　　o condéname.
　　Pero primero...
　　escúchame.

Coloca
    una grulla de papel
    perfecta
    en la estantería.

–Y recuérdalo
    siempre.

PARTE 2

6 de agosto de 1945

La historia del abuelo

Recuerdo que fue unos días antes de mi decimoctavo cumpleaños. Estoy leyendo, tumbado en el suelo en casa de mi amigo Hiro, cansado. La noche anterior fue muy larga, las sirenas que avisaban de un ataque aéreo nos despertaron a mi madre y a mí. Hemos recorrido tantas veces el camino de casa al refugio antiaéreo que podemos hacerlo de memoria, medio dormidos, y, aunque vemos aviones enemigos con frecuencia, todavía no han lanzado ninguna bomba sobre nuestra ciudad, Hiroshima.

Esta mañana ha sonado la señal de que había pasado el peligro, así que mi madre ha ido a trabajar y yo tengo previsto disfrutar de un día sin haber de participar en las movilizaciones para la guerra, cosa que no ocurre muy a menudo.

En vez de fabricar piezas de aviones, quiero leer un libro y pasar el día con mi mejor amigo.

Hiro me trae una taza de té oolong y paso la página para empezar el cuarto capítulo.

−Vas a tardar una eternidad en leértelo, Ichiro −bromea mientras recorre la habitación recogiendo los juguetes que su hermana Keiko ha dejado abandonados antes de que la llevara a la escuela, un trayecto que normalmente recorremos juntos.

El libro es *La novela de Genji.*

Miro las páginas y recuerdo cuando me lo dio mi padre, justo antes de marcharse a la guerra...

–Es la primera novela del mundo –me contó mientras me colocaba los cuatro volúmenes sobre las manos.

–Qué largo –comenté.

–Así tendrás la mente ocupada mientras yo no estoy –me respondió–. Prométeme que lo leerás entero. Es un relato magnífico lleno de amor y de culpa. Puedes aprender un montón de cosas de él.

–Te lo prometo –le dije.

Recuerdo que, mientras pasaba las páginas, una extraña sonrisa se dibujó en su cara. Se inclinó sobre mí; el aroma del jabón, del champú y del tabaco me recordaron cuánto tiempo hacía que no estábamos tan cerca.

–Hay magia en los libros –me susurró al oído.

Pero cuando me giré para mirarlo a los ojos, se alejó.

–Pega los volúmenes juntos si quieres –me dijo por encima del hombro–. Sería una pena perder el final.

Así que eso hice, y desde entonces los llevo bajo el brazo allá donde voy, leyendo siempre que puedo, escuchando los susurros de mi padre que me prometían magia...

Hiro cruza la habitación y coloca una cesta de ropa para lavar en el suelo; los quehaceres son interminables para un hijo cuyo padre está en la guerra.

–¿Cuántas páginas tiene el libro? –me pregunta.

Voy al final y miro el número.

–Mil novecientas noventa y nueve –respondo.

Niega con la cabeza como desesperanzado, no es un gran lector.

Paso una página.

–El asunto no es llegar al final, lo importante es el trayecto –le digo.

Doy un sorbo al té y continúo leyendo. La prosa es tan bella como el cielo azul y el color dorado del sol, pero mis pensamientos me llevan una y otra vez a mi madre trabajando y a mi padre en la guerra, y a cuándo tendré yo la oportunidad de servir al emperador y de luchar por mi país.

Con el rabillo del ojo veo que Hiro se acerca a la ventana.

–Hay un bombardero B-29 –comenta–. Pero solo uno.

Marco la página 348 con el dedo colocado junto a la última palabra que leeré en el «antes», y escucho el sonido inconfundible y familiar del avión estadounidense.

Hiro se gira hacia mí.

–Hay algo que...

El resto de la frase desaparece en un enorme destello blanco.

Una cortina de sol.

Un destello de luz.
El más intenso que he visto en mi vida.
Tanto que llena mi visión, como si me hubiera quedado ciego.

«¿Estoy consciente?», pienso.
«¿Me estoy muriendo o ya he muerto?».
«¿Estoy en el cielo?».
Los ojos... me arden...
La garganta... La cabeza...
Me escuece la piel...
Estoy entumecido.
Estoy en el aire.
Estoy ingrávido.
Estoy en un fuego artificial
que ha explotado.
Floto en un aire tan caliente
que no puedo respirar.
–*¡Gambare!*, –oigo. Sé valiente.
«¿Lo ha gritado Hiro?».
«¿Alguien que ha venido a rescatarme?».
«¿He sido yo?».

El destello apenas dura un segundo.
El «después» está a punto de empezar.

Me despierto, pero eso no aclara si estoy muerto o vivo.

La luz ha desaparecido.

El sol ha desaparecido.

El sonido ha desaparecido.

¿Estoy sordo?

¿Por qué me cuesta tanto respirar? ¿Por qué me quema el aire en los pulmones?

Aterrorizado, mis pensamientos me zumban en la mente como avispas atrapadas en un tarro.

Parpadeo y solo veo gris.

«¿Escombros? –pienso–. ¿Ladrillos?».

Toso.

Tumbado de espaldas, levanto la vista, pero incluso el cielo azul y el sol dorado han desaparecido. Es como si el mundo hubiera explotado y hubiese dejado solo un vacío gris.

El gris lo cubre todo. Profundo, sólido, arrollador.

«Tienes que moverte –me digo–. Tienes que salir y buscar un sitio seguro. Tienes que encontrar a Hiro».

Grito su nombre en la oscuridad, pero con voz débil.

Vuelvo a gritar y respiro el polvo, toso y escupo hasta que me lloran los ojos.

«Venga –me digo–. Tienes que moverte. ¡Tienes que moverte!».

El cuerpo me pesa como si fuera de plomo. Trato de mover los dedos de los pies y las piernas; los siento, me responden aunque sea solo un poco.

Tengo los brazos más libres, así que levanto una mano para tocarme el pelo, pero me estremezco de dolor. Es como si me clavaran agujas en la cabeza.

Me toco la cara con la otra mano, pero el dolor me hace sentir náuseas. Al abrir y cerrar la boca, me tiran las mejillas.

—¡Hiro! —grito de nuevo, pero no obtengo respuesta.

No hay ningún sonido.

Me quito escombros, trozos largos de madera y pedazos de cosas que no reconozco de encima del pecho y de las piernas. Miro mi cuerpo; asustado, me doy cuenta de que estoy desnudo excepto por la ropa interior.

«¿Quién se ha llevado mi ropa? —pienso—. ¿Dónde está?».

Me pongo de pie con dificultad y, aunque algunas siluetas van apareciendo entre la penumbra gris, mi mente no es capaz de entender lo que ven mis ojos, y cualquier pensamiento sobre mi atuendo o mi pudor desaparece.

Las paredes están en el suelo, y el techo... Miro detrás de mí. No sé dónde está el techo. El cristal de las ventanas ha desaparecido.

«¿La puerta? —pienso—. ¿Dónde está la puerta? ¿La mesa, las sillas? ¿Dónde están? ¿Dónde está todo? ¿Dónde está Hiro?».

Me cuesta mantenerme erguido y, al tambalearme, toco algo plano con el pie. Veo un destello de color.

Mi libro.

Lo cojo y lo aprieto contra el pecho como si fuera la vida misma, como si tuviera el poder de sacarme de esa pesadilla en la que me encuentro.

Tambaleándome, con los brazos estirados, subo con dificultad a una pila de escombros y ruinas y observo lo que queda de mi ciudad.

Todo está cubierto de una gruesa capa de polvo y de una nube gris. Miro al cielo esperando ver la luna, aunque no tengo ni idea de si es de día o de noche. En la oscuridad, empiezan a dibujarse siluetas como fantasmas que se levantan de sus tumbas, aunque estas no son de casas ni de personas que se acercan a ver qué ha pasado.

Son formas de montones de escombros, o de árboles calcinados, o de postes telegráficos con trozos de metal retorcido que sobresalen como las costillas rotas de un animal moribundo, o trozos de madera que aguardan a que una llama los transforme en una hoguera.

Desolación. Destrucción. Ruinas.

El *shock* es tal que no puedo moverme.

Las calles por las que he caminado esa mañana se han esfumado.

Los carros tirados por caballos no están.

Los hombres en bicicleta han desaparecido.

Las hileras de casas de madera en la calle de Hiro...

Las casas de mi calle...

Mi calle...

¿Dónde está la gente?

¿Dónde está el vecino de Hiro, el señor Hiyashi? Su mujer y sus hijos, ¿dónde están?

El señor Sato, que nos vende caramelos en su tienda, ¿dónde está? ¿Dónde?

Intento mirar más allá, pero el polvo y las nubes ocultan demasiado.

¿Las tiendas de Shintenchi, donde trabaja mi madre, siguen en pie?

Miro a la derecha, hacia el hospital Shima, donde la madre de Hiro trabaja como enfermera. Hiro...

¿Dónde está Hiro?

Me tiemblan las manos. Tengo frío y también calor. Me tiemblan las piernas.

«Respira –me digo–. Respira.»

Tengo el cuerpo cubierto de cortes, arañazos y heridas. Me duele la espalda, la cara, los brazos. Me duele... todo.

En el suelo, a unos metros, cerca de donde he encontrado el libro, veo una forma irregular y diferente. Aparto los escombros y saco la cesta de la ropa sucia de Hiro. Cojo unos pantalones holgados y una camiseta y visto mi cuerpo dolorido. Me llevo algunas prendas más para Hiro; puede que su ropa también haya desaparecido, esté donde esté.

«Hiro –pienso–. Tengo que encontrar a Hiro».

Grito su nombre, pero mi propia voz en mitad del silencio es tan débil y suena tan extraña que me sobresalta.

–¡Hiro! –intento decir más alto, pero la palabra me desgarra la garganta.

Camino sobre cristales rotos, sobre madera astillada, sobre los restos de la casa de mi amigo; caigo de rodillas y empiezo a cavar con las manos entre las ruinas.

–¡Hiro! –intento gritar otra vez–. ¡Hiro! ¡Hiro!

Me muevo ligeramente a otro lado y vuelvo a cavar. Lo llamo.

Nada.

Veo a gente que aparece de entre los escombros como muertos vivientes que emergen de sus tumbas.

–*Tasukete!* –grito. Ayuda.

Varias caras se giran hacia mí, pero nadie se mueve en mi dirección. Están perdidos en su propio sufrimiento, pensando en sus propios desaparecidos.

–¡Hiro! –vuelvo a gritar.

Me paro a escuchar con el ruido sordo que martillea en mi corazón de fondo. Me parece oír un susurro a mis espaldas, avanzo a gatas y me asomo a través de los huecos y las grietas de las ruinas por agujeros oscuros.

–¡¿Dónde, dónde estás?! –grito.

Ninguna voz me responde, pero veo que los escombros se mueven y aparto los trozos con las dos manos.

Agrando el agujero y meto las manos, tanteando, buscando.

–¿Me oyes? –carraspeo.

Siento el tacto de piel y unos dedos se entrelazan con los míos con tal fuerza que me inunda la esperanza.

Con cada trozo de escombros que retiro, veo más de él, aunque no es el amigo que se giró para mirarme desde la ventana. Está desnudo y, excepto un costado y la parte inferior de sus piernas, tiene todo el cuerpo quemado.

Sin apenas darme cuenta, me mareo. Me tropiezo, me caigo y vomito una y otra vez hasta que el cuerpo empapado en sudor me tiembla.

Unos dedos me tocan la espalda.

–Gracias.

La voz de mi amigo suena débil, cansada.

–¿Bomba? –pregunta.

–¿Qué bomba sería capaz de hacer algo así? –murmuro.

–¿*Molotoffano hanakago*? –sugiere.

Una bomba de racimo. Se gira con torpeza a un lado y después al otro, como he hecho yo, para observar la destrucción que nos rodea.

–Ni siquiera una bomba de quinientas toneladas sería capaz de hacer esto –respondo.

Da unos pasos vacilantes.

–Esto era el jardín –murmura–. Estoy encima de lo que era el refugio antibombas.

Me mira.

–¿Sigue siendo de día, Ichiro? –me pregunta, sin apenas voz–. ¿El mismo día? No recuerdo... Vi un avión... Estaba en la ventana, ¿verdad? Vi cómo soltaba algo con un paracaídas. Me giré para decírtelo, ¿verdad?

Asiento.

–Después... La nada. Todo se volvió blanco y luego... –Vuelve a negar con la cabeza–. La nada.

Sin avisar, igual que me ha pasado a mí, se inclina y vomita sin parar hasta que su cuerpo tiembla; está empapado en sudor y le castañetean los dientes.

–Estoy desnudo –dice cuando se le ha pasado–. ¿Qué le ha sucedido a mi ropa?

–No lo sé –susurro–. Yo también estaba desnudo. Mira tu piel –le digo–. Llevabas puesta la camisa estampada, tu favorita.

Asiente.

–Mira, mírate el costado.

Inclina la cabeza y se lleva una mano al costado: sus dedos tocan los trozos de piel de distintos colores.

–Es el estampado de la camisa –susurra–. Llevo el estampado de la camisa en la piel. Pero ¿qué ha ocurrido con mi camisa?

Me encojo de hombros con impotencia.

–¿Qué hacèmos? –pregunta Hiro–. ¿Adónde vamos?

–No lo sé –balbuceo–. No lo sé.

No tenemos respuestas para nada.

Lo ayudo a ponerse la ropa que he cogido de la cesta y trepamos sobre lo que queda de su casa. Pensamos en ir al hospital, pero, cuando alcanzamos lo que creemos que era la calle, nos detenemos.

–Mi madre –susurro.

–Y la mía –me responde–. Y mi hermana. ¿Qué le ha pasado a mi hermana? ¿Qué le ha pasado a Keiko? Tengo que ir a buscarla, debo cuidar de ella. Está en la escuela, estará asustada.

Sus ojos me suplican.

Intento pensar. Quiero encontrar a mi madre, llevar a Hiro al hospital, ir al hospital yo también. Pero ¿qué pasa con Keiko?

Su imagen aparece en mi mente sin invitación: su pelo oscuro brillando al sol cuando Hiro y yo la llevamos a la escuela, su gesto con la mano al dejarla en la puerta y dirigirnos hacia nuestro instituto, nuestra movilización militar, su risita cuando Hiro le hace bromas en casa, su sonrisa.

«Solo tiene cinco años –pienso–. ¡Solo tiene cinco años!».

–Vamos primero a la escuela –le digo–. Vamos a por Keiko, después a por mi madre y después a por la tuya.

Nos adentramos cada vez más en la nube de polvo, tierra, humo y gases que forma un remolino que nos rodea a medida que el viento va arreciando.

Casi no puedo respirar, casi no puedo andar. El pecho, las manos y la cara me duelen de manera desmesurada, me duele todo. En este preciso momento, soy capaz de levantar un pie, moverlo y colocarlo frente al otro, pero no tengo ni idea de cuánto tiempo podré seguir haciéndolo ni de lo lejos que seré capaz de llegar.

De las grises tinieblas aparece fuego que nos bloquea el paso. Volvemos atrás, cruzamos lo que queda de las calles, probamos otro camino, pero la destrucción nos derrota cada vez. Durante todo este tiempo, no pronunciamos palabra.

Las palabras son insuficientes para describir por lo que estamos pasando.

Me siento débil, cansado y tengo sed.

A Hiro le cuesta respirar.

–Hay un montón de heridos.

Se le quiebra la voz como a un anciano al pasar junto a personas tiradas en la calle.

–No podemos hacer nada –comento–. Y aunque pudiéramos, no sería suficiente. Debemos pensar en nosotros. Y en nuestras familias.

Tengo la boca tan seca que se me cierra la garganta, pero no hay ni un charco de agua en el suelo que pueda lamer.

–Cinco personas –digo–. Tú, yo, nuestras madres y Keiko. Tenemos que pensar en ellas.

–Pero mi madre... –murmura–. El hospital Shima... No creo que...

–Piensa solo en Keiko por ahora –le digo.

Fijo su imagen en mi mente mientras nos esforzamos por continuar para no ver ni escuchar a la gente que suplica ayuda; solo visualizo la cara redonda de Keiko y sus ojos brillantes, solo escucho su risa y su voz cantando su canción favorita mientras Hiro y yo intentamos estudiar.

Incendio tras incendio ruge frente a nosotros; las llamas se elevan en el cielo y nos vemos obligados a detenernos en un cruce.

Hiro se desploma a un lado, resguardado de las llamas tras una pared de cemento.

–No sé dónde estamos –admite–. Todo parece igual.

Me dejo caer a su lado.

–¿Por qué estamos vivos y ellos no? –pregunta.

Sus ojos vagan sobre los cuerpos que nos rodean.

–¿Por qué tengo estas quemaduras y tú no? ¿Qué ha causado esto? ¿Qué ha provocado estos incendios?

–¿Gasolina? –inquiero–. Puede que hayan vertido gasolina y le hayan prendido fuego.

–¿Nos han prendido fuego con el *pika*? –pregunta. El destello–. Pero...

Las náuseas se apoderan de mi cuerpo y la cabeza me da vueltas. No tiene ningún sentido seguir aquí sentados comentando qué ha causado la devastación. El fuego se extiende y ruge hacia nosotros. Si queremos sobrevivir, tenemos que seguir adelante.

Me levanto; todavía sujeto con fuerza el libro en la mano izquierda, así que le tiendo la derecha a Hiro para ayudarlo.

Una explosión hace temblar el suelo y, cuando se derrumban los restos de un edificio cercano, apenas puedo mantenerme de pie. Una ráfaga de calor y humo nos golpea y nos agachamos instintivamente todo lo posible; los gases desplazan el oxígeno, tosemos y escupimos.

Tengo el interior de la boca cubierto por una capa de polvo. No puedo tragar. Tengo mucha sed.

Pero algo me llama la atención y me quedo mirándolo fijamente. Sobre los ladrillos y los trozos de cemento, una puerta blanca permanece en vertical como una lápida en el cementerio de una ciudad. Cuando me doy cuenta de lo que es, me volteo hacia Hiro y veo cómo cambia su expresión.

Sus ojos dejan de mostrar una mirada desconcertada y apenas consciente y se centran, sin parar de parpadear.

Niega con la cabeza.

–¿Cómo hemos llegado hasta aquí? –pregunta.

–Lo siento –le respondo.

–Teníamos que ir primero a la escuela.

–Lo siento, Hiro. El fuego nos ha traído hasta aquí.

–¿Cómo es posible que quede solo eso del hospital? ¿Y las paredes? ¿Cómo es posible que haya desaparecido?

–No lo sé, amigo mío –le respondo.

–Estaría ahí dentro –comenta–. Había sonado la señal de todo despejado. –Se le quiebra la voz al hablar–. No tenía motivos para buscar refugio. –Se tropieza con los escombros–. ¿Dónde está?

Avanza tambaleándose y trepo por las ruinas hacia él. Voy un paso por detrás cuando se deja caer de rodillas e intenta mirar a través de los escombros; sigue avanzando a gatas, aparta más piedras con las manos y grita su nombre.

Me mira.

–¿Dónde está? –pregunta.

Poso una mano en una zona no quemada de su hombro y después me aparto de él de mala gana para dejarlo con su dolor.

El derrumbe del edificio ha sofocado algunas de las llamas más cercanas a nosotros, pero la ciudad sigue ardiendo. Tenemos que continuar andando, pero Hiro no para de mecerse adelante y atrás, aferrándose a su estómago; le cuesta abrir los ojos y enseguida los vuelve a cerrar, una y otra vez.

Miro fijamente a lo que queda de la ciudad.

El castillo ha desaparecido. Las cinco plantas y las torres. Hondori también, con sus filas de sandersonias que colgaban de las tiendas y de los rieles del tranvía.

Y la universidad.

El teatro.

El parque de bomberos.

Todo ha desaparecido.

Aunque algunos edificios, los más altos o fuertes, o por alguna otra razón que no logro entender, permanecen en pie. La sede del periódico, la cervecería, el banco... Pero todos tienen las ventanas reventadas o abombadas, les falta alguna pared o se les ha derrumbado el techo. Presentan un color negro o quemado. La cáscara vacía de lo que eran.

—Mira —le digo a Hiro—. ¿No es ese el edificio de promoción industrial? La cúpula ya no es verde, pero todavía se distingue la forma.

Inclina la cabeza y mira más allá de las ruinas.

—Si es el edificio de promoción industrial y el hospital Shima está aquí delante, tenemos que seguir ligeramente hacia el este —sugiero—. La escuela no queda lejos del hospital.

Continuamos avanzando tan rápido como podemos. Para encontrar el camino no nos guiamos por las calles ni por las señales, tomamos como referencia la cúpula que sigue de pie entre las ruinas que nos rodean.

Descalzos, no podemos caminar por las calles cercanas al centro, ya que el asfalto está demasiado caliente, así que avanzamos interminablemente despacio mientras vamos esquivando las ruinas, el metal retorcido y los restos abrasados.

Surgen llamas del suelo, nos sobresaltamos y nos cubrimos las caras heridas con los brazos doloridos, pero seguimos andando, volvemos sobre nuestros pasos para evitar más incendios y damos rodeos para evitar equivocarnos de camino hasta que vemos frente a nosotros las puertas de metal de la escuela, rotas, dobladas y arrancadas de su sitio.

¿Qué esperábamos encontrar?

Quería que permaneciera como la imagen de mi memoria.

Un edificio intacto.

Las puertas de madera pintadas de azul oscuro con incrustaciones de vidrio que reflejan el sol.

Niños y niñas en fila en el patio, con sus uniformes y sus mochilas.

Con todos los profesores y alguien con un sujetapapeles marcando los nombres de todos los alumnos presentes.

En mi memoria, todos los niños están vivos y todos sonríen.

Nuestros pies se detienen.

El edificio ha desaparecido. Solo quedan dos esquinas de las paredes, como los huesos blancos y descoloridos de un animal que lleva tiempo muerto.

«¿Dónde están los niños?».

Hiro avanza cojeando más rápido de lo que lo creía capaz, gimiendo por el esfuerzo y el dolor a cada paso.

–¡Keiko! –grita, forzando la voz–. ¡Keiko! –vuelve a chillar sin dejar de andar con dificultad.

Lo sigo, tropezándome.

—Los niños no están aquí —le digo—. Los habrán llevado a un lugar seguro.

Se lanza hacia mí, con furia en la mirada y los brazos extendidos, y las manos y los hombros levantados.

—¿Adónde? —me exige—. ¿Dónde hay un lugar seguro?

Niego con la cabeza.

—¡Mira a tu alrededor! ¡Mira nuestra ciudad! —grita—. Ha desaparecido. Todo. Todo lo que nos importaba, lo que queríamos. Todo el mundo. No queda nada excepto... excepto... dolor y sufrimiento. Es el infierno. El infierno en la tierra.

Grita y niega con la cabeza, y gotas de saliva se posan en sus labios quemados.

—Keiko ya no existe —dice, bajando la voz ligeramente; le brillan los ojos—. Está muerta. Igual que mi madre. Y la tuya. Deberíamos aceptarlo, solo quedamos tú y yo.

Me aferro al libro que llevo en la mano, milagrosamente intacto, y recuerdo cuando mi padre se marchó a la guerra, con la resignación oculta en su cara pero presente en su mirada, la misma resignación que veo ahora en los ojos de Hiro.

Recuerdo la sonrisa de mi madre al marcharse esta mañana y miro hacia el lugar en el que deberían estar las tiendas de Shintenchi, donde trabajaba. No queda nada, y en lo más profundo de mi corazón sé que no ha podido sobrevivir.

Me dirijo hacia una zona más despejada cerca de una pared de cemento para descansar un momento, pero al apoyarme me duele la espalda. Tengo miedo de sentarme porque no sé si seré capaz de reunir las fuerzas suficientes para volver a levantarme.

Hay algo extraño sobre el cemento, bajo mis pies, una sombra oscura con la forma de una persona con los brazos estirados.

Me olvido del dolor en la espalda, me doy la vuelta y veo otra silueta algo más lejos, la sombra de unos brazos levantada hacia la sombra de una cabeza.

Me giro de nuevo y veo otra.

—¿Qué son? —pregunta Hiro, con el cuerpo rígido, siguiendo mi mirada con la suya.

—Parecen sombras —digo—. Es como si sus almas se hubieran quedado pegadas al suelo.

Me alejo cojeando, recordando a Keiko; su sonrisa la última vez que la recogimos cuando su madre estaba trabajando, el orgullo en la voz al presentarnos como su hermano y su mejor amigo; su risa al girarse para decirnos que caminábamos demasiado despacio o que hablábamos demasiado.

«Keiko», pienso.

Me pesan demasiado el alma y las piernas para continuar.

Me dejo caer sobre un montón de piedras.

El fuego ruge no muy lejos, pero no me importa.

No me cabe duda de que mi madre ha muerto, mi padre está en la guerra desde hace tanto tiempo que nadie espera que vuelva, y la madre de Hiro seguramente tampoco habrá sobrevivido.

«¿Keiko tampoco?».

Miro a mi amigo; detrás de él, las llamas lamen las ruinas de la ciudad que ha sido nuestro hogar desde que nacimos, y los recuerdos de nuestra niñez son una masa de nube y gas en el cielo.

Es una escena infernal.

De repente, la fatiga se apodera de mí; estoy tan cansado que tengo que tumbarme.

Pero mis ojos se niegan a cerrarse. La niebla de mi mente se disipa y parpadeo para aclarar el polvo. Otro par de ojos me mira fijamente, medio tapado por un montón de escombros.

—¿Keiko? —murmuro, y escarbo el suelo escarpado.

A medida que me acerco, los ojos se transforman en una cara que se transforma en una cabeza que se transforma en una persona.

Aparto trozos de piedra y hormigón. Hiro está a mi lado y me ayuda y, cuando llegamos a las piernas, levantamos el bloque haciendo acopio de una fuerza que no sabía que nos quedara.

¿Ha notado la mujer que acabamos de liberar nuestra frustración al darnos cuenta de que no es la persona a la que estábamos buscando?

El dolor no ha entumecido mi compasión, pero me ha quitado la capacidad de esconder la decepción.

Suspiro tan profundamente que todo mi cuerpo se mueve.

—¿Dónde están los niños? —pregunta Hiro, pero la mujer niega con la cabeza y empieza a caer agua del cielo justo en el mismo instante en el que las lágrimas se escapan de sus ojos.

—Debe de ser agua de las mangueras de los bomberos —le digo—. Han venido a ayudarnos.

Pero las gotas son negras y tan grandes que me hacen daño sobre la piel herida. A nuestros pies, la mujer hace una mueca de dolor.

—¿Más gasolina? —pregunta Hiro—. ¿Crees que están vertiendo más gasolina para quemarnos?

Me froto los dedos húmedos, pero el agua no tiene nada de grasiento. Levanto la vista al cielo, cierro los ojos y abro la boca para que caiga sobre mi lengua seca e hinchada.

Se desliza sobre mi piel y por mi garganta.

–Es lluvia –digo–. Pero no se parece en nada a la lluvia que conocemos.

La boca de la mujer cruje al abrirse y deja reposar la lengua hinchada sobre el labio inferior, recogiendo gotas de lluvia que parecen darle un ligero soplo de vida. Hago lo mismo, ahueco las manos y lamo todo lo que puedo.

No me importa que sea negra; está mojada y me sienta bien.

Momentos después, estamos empapados, y al notar el frío que recorre mi cuerpo veo que a Hiro le tiemblan las manos y que la mujer también tirita.

–Llévala allí –murmuro sobre el martilleo de la lluvia negra, mirando al lugar en el que una esquina del edificio sigue de pie con un trozo de techo que ofrece un pequeño refugio.

No entiendo por qué no grita de dolor: la pierna izquierda le cuelga como un pez muerto en una caña de pescar. La ayudamos a sentarse y a apoyarse contra la pared y nos dejamos caer a su lado. Me pregunto qué sentido tiene lo que hemos hecho.

Hemos pasado junto a muchas otras personas como ella y no hemos hecho nada.

Nos quedamos ahí sentados los tres, con la lluvia cayendo a nuestro alrededor. El ambiente es cada vez más frío y nosotros estamos cada vez más débiles; las posibilidades de que vengan a ayudarnos son escasas.

Guardamos silencio.

La respiración ronca de la mujer me recuerda que yo también tengo que respirar y siento un gran alivio al escuchar a Hiro toser: significa que está vivo.

La lluvia no borra las sombras del hormigón. Voy perdiendo la consciencia y despertándome, o voy dando cabezadas por el sueño, no estoy seguro de cuál de las dos cosas pasa, y mientras tanto me imagino cómo sus almas se levantan y se acercan a mí con los brazos estirados para que las ayude.

–Los niños –murmura la voz de la mujer–. Al parque –continúa–. Los que han sobrevivido.

Las palabras se quedan colgando en el aire como nubes en un día sin viento.

Poco a poco, abro los ojos y me inclino hacia ella.

Hiro también se queda mirándola fijamente.

–¿Al parque? –repito–. ¿Los que han sobrevivido?

–Keiko Matsuya –pregunta Hiro con voz temblorosa–. ¿Ha ido? ¿Ha ido al parque?

Grita tan fuerte que ella cierra los ojos, pero no responde.

–¿Ha ido?

Levanta una mano, con la cara retorcida por el dolor.

–Por favor –dice Hiro en voz más baja–. Es mi hermana. Por favor...

–Lo siento –susurra la mujer–. No lo sé.

–Volveremos a buscarla –murmuro mientras me esfuerzo por ponerme de pie.

Son palabras que siento pero que no puedo prometer cumplir. Nos alejamos con dificultad de las ruinas de la escuela y espero que un médico venga a ayudarla. Una ambulancia o alguien que pueda llevarla a un hospital.

En mi mente, alas enteras de hospitales están preparando camas limpias, y hay enfermeras curando heridas y médicos repartiendo medicamentos mientras familiares llevan cucharadas de comida caliente a bocas agradecidas.

Las ambulancias suenan a todo volumen por las calles por las que aún se puede circular y recogen a los heridos en camillas y los transportan rápidamente para poder tratar fracturas, suturar heridas y refrescar quemaduras.

En mi fantasía, además de las ambulancias que van a toda velocidad, hay médicos tranquilos y el final feliz que busco, y los personajes del libro de mi padre esperan sentados a que siga leyendo.

Aprieto el libro contra el pecho. Una promesa hecha a alguien que seguramente haya muerto parece la más pesada de todas.

El fuego ruge a nuestro alrededor, pero seguimos avanzando con dificultad hacia el parque Asano, paso doloroso tras paso doloroso, en busca de Keiko.

¿Es posible que siga viva?

Pasamos junto a un tranvía; las llamas azules y rojas lamen el marco retorcido.

¿Pasó Keiko por aquí?

¿Vieron sus ojos esta bestia ardiente?

El fuego ruge a nuestra espalda. Me giro y veo llamas que se elevan en el aire, bailando con el viento y acercándose a nosotros.

El calor fluctúa sobre mi piel y los gases nos intoxican.

Nos persigue. Nos empuja a seguir.

El viento arrecia y aviva las llamas. Las ráfagas elevan trozos de tejado al cielo, y pedazos de madera incandescente cruzan a través del humo como un fénix en su último vuelo.

Las casas derrumbadas junto a las que pasamos crujen cuando los rescoldos las prenden como yesca.

No soy capaz de pronunciar las palabras para decírselas a Hiro, pero las pienso. «Tengo miedo».

Llegamos al parque junto con otras personas.

Las llamas aún no han alcanzado a engullir esta vegetación, pero todavía puedo oler el fuego, lo noto en la boca, siento su calor sobre mi piel.

–Es un lugar seguro –le digo a Hiro.

–Por ahora –me responde.

No mira a su alrededor, a las llamas que amenazan a nuestra espalda; se centra en las personas heridas en los senderos, pasa su mirada de una a otra, y después a otra más.

Todavía le sangran las heridas, sigue mirando a todas partes con ojos perdidos, y los brazos sobresalen de su cuerpo como los de un muñeco rígido.

–¿Te duelen los brazos? –le pregunto.

–Me... Me duelen mucho si los bajo.

–Deberías sentarte y descansar –le digo.

–Keiko... Primero Keiko.

Arrastra las palabras.

Su dolor evita que me concentre en el mío. Cuando me duele tanto la cara que creo que me voy a desmayar, miro a mi amigo. Cuando la piel de la espalda me quema con la ferocidad del mismo sol, lo observo caminar, todavía consciente y sin dejar de buscar a su hermana.

«Está vivo –me digo–. Así que tú también debes estarlo, tienes que permanecer con vida».

Su convicción y su determinación me salvan de quedarme sentado entre los moribundos y convertirme en uno de ellos.

−¿Crees que... Keiko... Keiko ha venido... aquí? −me pregunta−. ¿Crees que está viva?

−Claro que sí −le respondo enseguida.

Me doy cuenta de lo que dicen sus ojos; sabe que estoy mintiendo.

La posibilidad de que no haya sobrevivido es una pequeña ola en mis pensamientos que amenaza con convertirse en un tsunami que no seré capaz de controlar. Sobrevivir al *pika*, al derrumbe de la escuela, a las llamas, es casi... Es casi...

Pero aquí estamos Hiro y yo.

Respiro profundamente y el pecho me duele tanto que creo que voy a vomitar otra vez. Justo cuando ralentizo el ritmo, una ráfaga de ceniza llega del oeste como para animarme a acelerar el paso, me cubre la piel y me quema con mil pinchazos, acompañada de un golpe de calor que me deja sin aire.

Hiro gime y retuerce la cara por el dolor.

−¡*Gambare*, amigo mío! −le digo.

Sé valiente.

Quiero ir a buscar a Keiko y que Hiro me espere sentado hasta que vuelva con ella, pero temo que mi amigo desaparezca, temo no encontrarla.

Nos desviamos a la derecha, hacia el río.

−Por favor, ayudadnos −suplico a los heridos a medida que pasamos a su lado, aunque me duele demasiado la garganta y mi voz es casi un susurro−. Estamos buscando a la hermana de mi amigo, Keiko Matsuya. Creemos que la han traído aquí desde la escuela con otros niños. Llevan batas blancas, gorros azules...

Miro las caras en silencio.

–¡Keiko Matsuya! –grito–. Tiene cinco años.

Nadie me responde, y a mi espalda Hiro sigue perdiendo terreno.

Vuelvo a gritar una vez, y otra vez, pero nada.

Me adentro más en el parque, gritando, preguntando, deteniéndome y esperando a obtener respuestas o a que Hiro me alcance.

Se inclina hacia delante, le cuelga la cabeza, se esfuerza por mantenerla erguida y le vuelve a caer, su mirada se centra y se pierde, se tambalea de izquierda a derecha.

–Espérame aquí –le susurro–. Voy a buscarla y volveré a por ti.

Pero niega con la cabeza.

–Es mi responsabilidad –me responde.

Aparto la mirada y veo a una anciana a mis pies que me contempla fijamente con la boca abierta. Parpadea como si intentara hablar conmigo y se toca el costado con un dedo de la mano derecha.

Me pongo de rodillas.

–Escuela –me susurra.

Asiento.

–No batas blancas.

Su voz es apenas un sonido, me acerco más para poder oírla.

–He visto a niños con la ropa raída. Muy mal. La profesora les dijo que pararan al llegar a los árboles.

Señala con la cabeza a una masa verde a cierta distancia con la sombra oscura de varias personas a sus pies.

–Gracias. –Inclino la cabeza en un gesto de agradecimiento–. Que Dios la bendiga.

Al levantarme, escucho sus últimas palabras.

–Dios ha perdido hoy.

Pero no le presto demasiada atención porque avanzo cojeando todo lo rápido que puedo, seguido de Hiro.

–¡Keiko! –grito con fuerzas renovadas–. ¡Keiko Matsuya!

Al llegar al lugar en el que empieza la zona de los árboles, miro fijamente a los grupos de niños harapientos que me devuelven la mirada como pajarillos a la espera de ser alimentados.

–¿Keiko? –les pregunto a todos–. ¿Keiko Matsuya?

Al escuchar el nombre, una niña eleva los ojos.

–Mi amiga –susurra, levanta un brazo y señala a un árbol que inclina las ramas hacia el río.

El cuerpo de Hiro recupera la energía.

Con una fuerza desconocida, alza la cabeza, busca con la vista y sus pies se elevan y golpean el suelo al echar a correr sobre la maleza hacia el árbol junto al que hay sentada una niña.

Lo observo caer de rodillas frente a un cuerpo que parece tremendamente pequeño y observo esos brazos diminutos rodearle el cuello, una cara diminuta hundirse en su pecho.

Miro a la amiga de Keiko, que deja caer la barbilla contra el pecho y descansa el brazo a un costado.

Inclino la cabeza en señal de respeto en un agradecimiento silencioso; Keiko está viva y la hemos encontrado.

El aire aumenta de temperatura y de densidad.

Una película de sudor se forma sobre mis brazos mientras me acerco con dificultad a Hiro y Keiko. Cuando llego hasta ellos, veo que su piel también brilla.

–Keiko –susurro con una sonrisa, y la sonrisa con la que me responde es el gesto más reconfortante que he visto en mi vida.

–No tiene quemaduras –dice Hiro, despacio y con la voz rota.

–¿Te has protegido con algo, Keiko? –le pregunto–. ¿Estabas tras un muro o algo?

No me responde y no estoy seguro de si ha asentido con la cabeza o no.

Su sonrisa desaparece y no nos dice ni una palabra a Hiro ni a mí. Sus ojos pasan del uno al otro y me pregunto qué debe de pensar del aspecto que tengo. No soy el chico que la acompaña a la escuela con su hermano, que da vida a sus juguetes con un millón de voces imaginarias o que le lee cuentos mientras su hermano prepara la cena.

Si mi cara y mi espalda están tan malheridas como las siento, debo de parecerle una criatura marina o un monstruo digno de un mito. Algo salido directamente de una pesadilla.

–Ha caído una bomba –le digo–. Con un gran destello y mucho calor. Esto es culpa del calor. –Me señalo y después a Hiro–. Somos nosotros –le digo con una sonrisa.

Sigue sin hablar, pero se señala la pierna.

–¿Te duele? –le pregunto.

Asiente.

Mientras hemos estado hablando, la gente se ha levantado con dificultad y ha empezado a moverse.

–¿Puedes ponerte de pie? –le pregunta Hiro.

Con ayuda, se yergue, pero la pierna derecha le duele tanto que apenas puede soportar su peso.

Cada vez más gente pasa a nuestro lado en dirección al río.

El viento se está volviendo violento.

El crepitar del fuego y el rugido de las llamas desgarra el aire.

—Deberíamos movernos ya –digo–. Vamos. Tenemos que marcharnos de aquí. Debemos encontrar un hospital.

Cada vez aparece más gente. El aire va aumentando de temperatura. Nuestra piel refleja el naranja del fuego y motas de brasas vuelan sobre el suelo que pisamos. Algunas caen sobre mi libro y las aparto, pero la cubierta muestra marcas y la cinta cada vez está más pegajosa por el calor.

—No podemos quedarnos aquí –insisto–. Hiro, tenemos que marcharnos. Tenemos que movernos.

Señalo las copas de los árboles.

—Mira –le digo–. Viene hacia aquí.

Reflejos amarillos aparecen en las nubes oscuras, también de color naranja y rojo. Una columna de humo denso y negro se eleva en el cielo gris.

—El viento... –dice Hiro–. Ichiro, lo está esparciendo por todas partes.

El humo se está espesando, los vapores son sofocantes y el calor... El calor...

... mi piel se contrae...

... me pican los ojos...

... me queman los pulmones...

«La bomba debería haberme matado –pienso–. Pero así no, el fuego, no».

Miro de Hiro a Keiko.

«Pero has sobrevivido hasta ahora –me digo–. Ellos también».

«Y ¿qué hago ahora? ¿Qué hago?».

«Piensa... Piensa...».

–Vamos –digo, y me agacho para coger a Keiko–. Sujeta esto con fuerza –le pido, y le pongo el libro en las manos–. Hiro, vamos. Tenemos que llegar al río y cruzar al otro lado. Allí estaremos a salvo. El fuego no nos alcanzará allí.

La muerte lleva todo el día persiguiéndonos, pero todavía no nos ha atrapado, así que, con el calor a mis espaldas y Keiko en mis brazos, echo a correr porque es nuestra única oportunidad.

–Al otro lado del río –digo.

Hiro avanza cojeando y yo llevo a Keiko en brazos, que sujeta el libro entre sus suaves manos. Su pierna malherida cuelga débil y me va dando golpes mientras caminamos.

–Mirad, allí no hay incendios. El fuego no podrá cruzar, el agua lo detendrá.

Avanzamos con dificultad y pasamos junto a otras personas que buscan refugio de las llamas. Sacudo las ascuas del pelo de Keiko, pego su cabeza contra mi pecho y sigo adelante; no sé cómo, pero Hiro continúa andando a mi lado con las energías renovadas ahora que ha encontrado a su hermana.

Alguien por quien vivir, por quien seguir respirando, por quien luchar.

Nos apretamos entre la gente al llegar al puente abarrotado, intentando llegar allí donde las llamas no alcanzan, a algún lugar donde podamos encontrar agua y comida.

Donde pueda entablillar la pierna de Keiko para que pueda caminar, donde Hiro pueda tumbarse bajo una manta, donde yo pueda sentarme a su lado mientras descansa, observando cómo respira cuando duerme.

«Al otro lado –pienso–. Sigue adelante, no pares, continúa avanzando».

Pero nos vemos obligados a detenernos antes de llegar a mitad de camino. Estamos rodeados de gente, apretujados como el arroz en un rollito de sushi o sardinas en una lata; no podemos movernos. Ni hacia delante ni hacia los lados.

Miro a Hiro.

–No podemos seguir avanzando –digo.

Aturdido, miro más allá del puente, al agua que discurre debajo. Veo una pequeña barca alejarse de la orilla; los remos atraviesan la superficie (uno, planeo, salpicadura, dos, planeo, salpicadura) mientras las personas tumbadas en su interior no se mueven ni emiten ningún sonido. Imagino el reflejo de las monedas colocadas sobre los párpados cerrados mientras el barquero los lleva a algún lugar en el que esperan encontrar la paz.

El agua es negra y naranja, la superficie ondea y se abre.

En la orilla, la gente espera de pie o sentada. Hay quien entra en el agua.

«Tened cuidado –pienso–. El nivel del agua aumenta rápidamente, la corriente es intensa».

El viento sopla con fuerza contra nosotros y la multitud se tensa de dolor y expectación como un único ser cuando una ráfaga de hojas y pequeñas ramas ardiendo y ceniza caliente cae sobre nuestros harapos, sobre nuestra piel desnuda, y se nos enreda en el pelo.

Aparto las brasas de la cara de Keiko, pero el dolor se me clava en las manos como agujas y el olor a ropa quemada, como de una plancha demasiado caliente, me trae un recuerdo repentino y angustioso de mi madre.

El viento sopla con más fuerza todavía. Levanto la vista al cielo, pero el gris ha dejado paso a las llamas que se apoderan del aire. Es una bestia que ruge y se burla, que se cierne sobre nosotros, sus víctimas y su presa, a la espera de dar el siguiente paso mientras aguardamos impotentes.

El viento sigue soplando y veo horrorizado cómo los árboles también arden en la otra orilla.

Estamos atrapados con llamas a ambos lados.

Veo el pánico en la cara de Keiko y la desesperación en la de Hiro.

«Piensa, piensa, piensa –me obligo–. Venga, se lo debes. Ayúdalos, piensa».

–¡Atrás! –grito–. Tenemos que retroceder y bajar a la orilla.

Retroceder es más fácil porque la gente parece encantada de ocupar nuestro lugar, pero temo estar engañándolos, ya que estoy seguro de que las posibilidades de sobrevivir en este puente son nulas.

«Piensa solo en Keiko, en Hiro y en ti», me digo.

El rugido y el crepitar del fuego se acercan cada vez más.

El parque está envuelto en llamas.

El calor reluce en la piel de Keiko. «¿Qué habría hecho si no la hubiéramos encontrado?», me pregunto, y justo en ese momento se aferra con más fuerza a mí, como si pudiera escuchar mis pensamientos.

–¡Veo el agua, Hiro! –grito–. Vamos. Rápido.

No responde y el terror se apodera de mí cuando lo miro por encima del hombro.

–Quédate conmigo, Hiro.

Los llevo por la orilla cubierta de hierba hasta la ribera.

Keiko se sujeta a mí mientras corremos, con el libro apretado entre los dos, y siento que le cuesta respirar, noto la suavidad de su mejilla, el roce de su pelo sobre mi pecho, y en esos segundos me doy cuenta de que nada, nada, es más importante ahora mismo que esta niña.

Por encima de nosotros, el humo se eleva en columnas y el viento arrastra las cenizas, que sisean al tocar el agua.

Levanto la vista y veo a gente en el puente, atrapados e indefensos a medida que el viento extiende más y más el fuego que lo consume todo.

En la orilla del río, todo el mundo entra en el agua. Me abro paso entre la multitud apretujada, un paso, después otro, y siento un gran alivio al notar el agua fría en los pies y los tobillos.

—¡Hemos llegado! —le grito a Hiro—. Estamos en el río. Ahora estaremos a salvo.

Sigo avanzando. Keiko se retuerce, cambia de postura, levanta la cabeza y mira detrás de mí.

Su expresión cambia.

Abre la boca y los ojos como platos.

Veo las llamas reflejadas en sus ojos y los destellos naranjas sobre su piel cubierta de sudor.

—*Gambare* —le susurro al oído—. Yo cuidaré de ti. El agua nos mantendrá a salvo. Evitará que nos quememos, y podemos esperar aquí hasta que el fuego se extinga.

Pero temo que mis palabras de seguridad vayan desencaminadas; la muerte nos ha estado persiguiendo y ahora parece que nos tiene acorralados, heridos e indefensos, en un río en el que sé que la marea subirá. Pero eso no se lo voy a decir.

Hiro está a mi lado otra vez y juntos nos abrimos paso entre más y más gente.

Keiko se tensa cuando el agua la alcanza; estamos atenazados por el frío con el agua a la altura de las piernas, el estómago y el pecho.

Los brazos se me están cansando y me duele la espalda.

Miro a la gente que nos rodea. Detrás de mí, hay gente metida en el río hasta la cintura, temblando, llevándose agua a la boca con las manos o apretándolas y rezando con los ojos cerrados.

«¿Qué le estarán pidiendo a su dios?».

Hay gente sumergida hasta el pecho, otros hasta el cuello, un par hasta se mojan la barbilla.

El calor del ambiente es tan insoportable que la gente se echa agua a la cara, a los hombros y por la cabeza.

–Échale agua –le digo a Hiro–. Cógela con las manos.

Pero le duelen tanto que no puede usarlas y me mira desesperado. Asiento para indicarle que lo entiendo.

Mis brazos no aguantan más, voy a perder el equilibrio y siento que estoy haciendo malabarismos y que en cualquier momento, con un movimiento en falso, todo va a caer, pero tengo que hacer algo.

–Keiko, escucha –susurro, mirándola–. Voy a intentar dejarte en el suelo. Quiero que te mojes la cabeza y la piel, como está haciendo ese hombre.

Mira al lado para observar al hombre, pero cuando vuelve a mirarme niega con la cabeza, con una expresión sombría. Levanta la mano que sujeta con fuerza el libro, sigue seco.

Lo contemplo fijamente.

La promesa que le hice a mi padre la última vez que lo vi.

La última vez que lo vi en mi vida.

Sigue intacto.

«Solo es un libro –me digo–. No significa nada. Cógelo y tíralo».

Pero... Pero...

Keiko resuelve mi dilema. Cuando la abrazo, se lo coloca debajo del brazo y lo aprieta con fuerza. Puede que el agua lo alcance y moje sus páginas, pero todavía lo tenemos.

Puedo secarlo, podría leerlo. Podría mantener mi promesa.

Sujetándola con ambos brazos, la bajo hacia el agua, pero me agarra la muñeca con la mano y me rodea con la pierna sana como si fuera un mono con tanta fuerza que tengo que apretar los dientes para no gritar de dolor.

Hiro está a su lado intentando ayudar, pero no puede hacer nada. En vez de eso, es ella la que le acerca la mano ahuecada, llena de agua, y le toca la cara con cuidado.

Hiro cierra los ojos ante la ternura con la que su hermana le refresca la piel una y otra vez, con la que le acerca agua con la mano a los labios agrietados.

Observo la hermosa imagen de la niña ayudando a su hermano, esforzándome todo lo posible por permanecer de pie mientras un sinfín de cuerpos tropiezan y me empujan en todas direcciones y, aunque la corriente intenta arrancarla de mis brazos y el dolor me recorre el cuerpo, no la suelto.

Pero el nivel del agua se está elevando y quienes tenían el agua hasta el pecho ahora están sumergidos hasta el cuello; quienes tenían el agua al cuello, ahora intentan mantenerse a flote, pero les quedan pocas fuerzas.

Me empujan más adentro. Alzo la barbilla cuando el agua me pasa de los hombros y levanto a Keiko un poco más; los músculos de los brazos me queman de sujetarla.

Hiro se tropieza y choca conmigo; estiro el brazo para sujetarlo, pero Keiko se me resbala y se sumerge en el agua.

Suelto a Hiro inmediatamente y vuelvo a coger a Keiko, y ambos escupen agua al aflorar a la superficie.

–Lo siento –murmuro–. Lo siento.

Keiko me mira, parpadeando y tosiendo, pero Hiro... Hiro se tambalea de pie, abriendo y cerrando los ojos sin parar.

–¡Hiro! –grito–. ¡Mírame! ¡Despierta!

Deja caer la cabeza hacia delante y toca la superficie del agua con la cara, pero en lugar de despertarse al contacto, se hunde.

–¡Hiro! –grito otra vez, mientras Keiko se aparta de mí y lo sacude del hombro quemado.

Abre los ojos y levanta la cabeza hacia nosotros, aunque temo que no nos está viendo.

–Quédate conmigo, Hiro –le suplico–. Quédate cerca de mí.

Pero a nuestras espaldas el fuego ruge y trona cargado de ira, obligando a más y más gente a entrar al río, empujándonos cada vez más adentro, hacia lo más profundo.

Se me están entumeciendo los brazos.

En la distancia, la barca a remos que he visto antes se lleva a algunas personas, aunque es demasiado pequeña y lenta para salvar a muchos. Mientras la observo, me pregunto adónde transporta a los pasajeros, ya que no parece haber ningún lugar seguro.

A mi lado, Hiro tose y escupe cuando el agua le salpica la cara.

La masa de cuerpos nos vuelve a empujar y me tropiezo; me fallan las fuerzas.

–Hiro –murmuro.

Me mira fijamente. Está muy débil: se aleja de mí a medida que la gente empuja, se sumerge en el agua durante varios segundos cada vez y solo resurge brevemente.

–Agárrate fuerte a mí –le pido a Keiko–. Con las dos manos.

Contempla el libro que todavía sujeta bajo el brazo en una postura incómoda y torpe que evita que me rodee con ambos brazos.

–Suéltalo –le digo–. No importa.

Me mira fijamente con cara de dolor.

–Suéltalo –le susurro.

Su diminuta mano deja caer la promesa a mi padre, que impacta con el agua, y lo observo flotar, subir y bajar en la superficie, pero lo olvido cuando me rodea el cuello con los brazos porque no tengo otra opción, y le tiendo la mano a Hiro.

–¡Voy a acercarte a mí! –grito.

Lo sujeto del brazo y abre la boca en un gesto de dolor, pero no emite ningún sonido.

La corriente tira de él con fuerza, la gente nos empuja por todas partes, Keiko se aferra a mí.

Mis fuerzas se desvanecen.

Tiro de Hiro hacia mí, me resbalo sobre el lecho fangoso y me da un vuelco el estómago al zambullirme.

Manos a mi alrededor empujan y agarran y una maraña de burbujas de agua marrón, brazos y piernas se arremolinan.

No puedo moverme.

Todo está oscuro.

«¡Keiko! ¿Dónde está Keiko? Arriba –pienso–, arriba». Y pataleo y pataleo, y veo agua más clara, teñida de naranja y rojo, y pataleo para acercarme más, pataleo con más fuerza, y una sensación de alivio desesperado se apodera de mí al sacar la cabeza a la superficie y tomar aire.

Vuelvo a coger a Keiko y la sujeto fuerte contra mí mientras escupe agua.

«Hiro», pienso, y me doy la vuelta para buscarlo, pero un mar de caras desconocidas me devuelven la mirada.

–¡Hiro! –grito–. ¿Dónde estás? ¡Hiro! ¿Hiro?

Keiko me toca la barbilla y señala; vuelve a tocarme la barbilla y señala otra vez hasta que lo veo, a cierta distancia, oculto entre tantas otras personas que pelean por mantenerse a flote igual que él.

Levanta la barbilla hacia el cielo, el agua le lame la piel, cierra los ojos, se esfuerza por mantenerlos abiertos.

–¡Dame la mano! –le grito–. ¡Hiro, dame la mano!

Intento alcanzarlo, pero vuelvo a perder el equilibrio.

Por temor a volver a sumergirme, a no ser capaz de salir a la superficie, de dejar caer a Keiko y perderla esta vez, no me atrevo a seguir avanzando.

Si la suelto, se ahogará.

–¡Acércate a mí! –le grito a Hiro–. Ven un poco más cerca para que pueda tirar de ti.

Abre los ojos y me mira durante un segundo.

–¡Aquí! –grito–. ¡Hiro, ven aquí!

Sus ojos se posan en mí y en Keiko, y una sonrisa triste se dibuja en su cara.

–No, Hiro –le digo, negando con la cabeza–. No. Ven aquí. ¡Nada hasta aquí! ¡Puedo cogerte!

Vuelvo a intentar acercarme para poder asirlo, pero el agua es todavía más profunda, y el barro, demasiado resbaladizo.

Miro a Keiko y después a Hiro.

No me atrevo a moverme.

–Hiro...

El agua lo salpica y lo arrastra. Niega con la cabeza.

–¡No, Hiro, no! –grito.

Pero está en calma y sé que ha tomado la decisión.

Agacha la cabeza a modo de despedida y cierra los ojos.

Yo también los cierro y le devuelvo el gesto.

–Prometo que cuidaré de ella –susurro–. Prometo que no la dejaré morir.

Abro los ojos y ha desaparecido.

Soy una roca en el río y la corriente discurre a mi alrededor.

Sólido e inamovible, permanezco de pie sujetando a Keiko. El fuego ruge a ambos lados y el aire nos abrasa los pulmones y cualquier parte no cubierta por el agua. Tengo la boca seca, mi sed es insaciable. Me pesan los brazos, tengo las piernas entumecidas.

Se aferra a mí.

Keiko.

No la suelto.

Cierro los ojos y me concentro en la respiración de Keiko, en el consuelo de saber que está viva. Una razón para seguir luchando.

Me dejo llevar.

Mi madre aparece frente a mí, mi padre vestido con su uniforme, la imagen de Hiro en la ventana al girarse, el resplandor blanco a su espalda mientras me contempla desde el agua, cerrando los ojos, despidiéndose con la cabeza.

Como si notara mi dolor, Keiko me mira con sus grandes ojos marrones llenos de una confusión que no puedo aliviar.

–Estoy contigo –le digo–. No te voy a soltar.

Cada vez hay menos gente de pie, y con la luz naranja del cielo veo la otra orilla y a lo largo del río.

–Keiko –digo–. ¡Mira!

Señalo con la cabeza unos metros más allá. Se gira para mirar.

–La gente allí parece más alta. Deben de estar subidos sobre algo. Debe de haber algo en el río.

Se gira hacia mí y después vuelve a mirar a la distancia.

–¿Una lengua de tierra?

Empieza a temblar, le castañetean los dientes.

No sé qué hacer.

Si nos quedamos aquí, ¿bajará el nivel del agua? ¿Disminuirán las llamas? ¿O nos ahogaremos primero?

Si intento moverme, ¿me caeré? ¿Se me escapará Keiko?

Su cuerpo diminuto tiembla entre mis brazos.

Respiro hondo, muevo los dedos de los pies y de las manos arriba y abajo; no los siento, pero creo que me responden.

Keiko está palideciendo.

No hay elección. Si no nos vamos de aquí, morirá.

La miro a la cara. Tan diferente de cuando la vi ayer. Cogida de la mano de Hiro mientras la acompañábamos a la escuela, su despedida al llegar mientras nosotros seguíamos caminando hacia la fábrica.

Solo hace un día de aquello.

«No te vas a caer –me digo–. Y no la vas a soltar. Vas a cruzar el río con ella en brazos y la dejarás en el suelo en ese trozo de tierra, a salvo de estas aguas, a salvo de las llamas».

Se retuerce y me rodea con los brazos, se aferra con fuerza a mi pecho. Entumecido por el frío, levanto un pie pesado, lo muevo hacia delante y lo vuelvo a colocar sobre el lecho del río.

Asiento en un gesto satisfecho, levanto el otro pie, lo muevo, lo coloco en el suelo.

«Sí –pienso–. Un paso».

Repito la acción.

Dos pasos.

Tres pasos, cuatro, Keiko sigue aferrada a mí.

Otro paso, y otro, estoy caminando río abajo, hacia la lengua de tierra que se adentra en el agua.

El calor es menos intenso, aunque el horror se sigue arremolinando a mi alrededor, y me pregunto por qué yo continúo vivo y ellos no.

La culpa me pesa sobre los hombros.

«Para salvar la vida de la niña a la que llevo en brazos», me digo.

Sigo avanzando. La lengua de tierra está cada vez más cerca y el nivel del agua va disminuyendo, pero Keiko me pesa cada vez más y sus manos se me clavan en la espalda. El nivel del agua me llega al estómago, a las caderas, a las piernas y a los pies, y con pasos tambaleantes me dejo caer de rodillas al llegar a un hilo serpenteante de tierra sobre el que descansar.

–Keiko –susurro al dejarla en el suelo–. Lo hemos conseguido.

Me siento débil. Apenas me quedan fuerzas para tragar o respirar. Me cuesta mantener los ojos abiertos, pero veo algo en sus manos, algo negro con la forma de un ladrillo, hinchado por el agua, con marcas de quemaduras por las brasas, encuadernado y cerrado con una cinta flácida.

–¿El libro de mi padre?

Asiente.

–¿Cómo?

Me hace un gesto para que me acerque y, al inclinarme hacia ella, sus dedos delicados recorren con delicadeza mi cara herida.

Me escuecen los ojos por las lágrimas, pero parpadeo y parpadeo para aclararlos. Me tumbo a su lado y la abrazo para mantener el calor.

–Cuidaré de ti, Keiko –murmuro mientras el mundo se desvanece–. No te dejaré. No te...

Me despierto y veo azul sobre mí.

Se extiende por un cielo que estaba cubierto de nubes oscuras, humo gris y columnas de fuego naranja la última vez que lo vi.

Veo también un sol abrasador que brilla incluso cuando cierro los ojos.

Me duele el pecho al respirar y noto la cabeza pesada.

Vuelvo a cerrar los ojos y no quiero abrirlos. Un montón de imágenes me inundan la mente.

Pika.

Las ruinas.

El fuego.

El agua.

Los muertos y los moribundos.

Hiro.

Keiko.

«¡Keiko!».

Me incorporo, pero me mareo. Todo da vueltas y me tambaleo, se me llenan los ojos de lágrimas y me martillea la cabeza.

–Keiko –intento gritar, pero mi voz es apenas un graznido.

Lo intento otra vez, pero siento como si la garganta se me rasgara y empiezo a toser; sin previo aviso, el suelo se acerca a mi cara y me golpea.

«¿Qué es esto? –pienso–. ¿Qué me está pasando?».

Noto una ligera presión en el hombro y después en la parte de atrás de la cabeza.

Me tocan la cara y después siento el placer del agua en la lengua y recorriendo mi garganta.

Lo vuelvo a notar acompañado de un profundo «sssh» al oído.

–Gracias –digo, y al inclinar la cabeza en un gesto de respeto y gratitud y abrir los ojos, veo a un anciano mirándome fijamente.

–La niña está aquí contigo –me dice.

A través de los cortes de la cara y de la venda que le cubre la cabeza, me sonríe.

–Cuando os trajeron en la barca, no te separaste de ella. Intentamos ponerte ropa seca, pero te negaste hasta que la atendiéramos a ella. Cuando te cubrimos con una manta, te la quitaste y se la pusiste a ella.

–No recuerdo... –murmuro.

Vuelve a acercarme el agua a la boca.

–La niña no suelta el libro. –Niega con la cabeza–. *La novela de Genji* –dice–. La primera novela del mundo. Debe de ser muy especial para ella, aunque es demasiado largo para que lo lea.

–Es mío –susurro.

–Ah –me responde–. Entonces lo ha salvado para ti. ¿Es tu hermana?

Niego con la cabeza.

–No. Es la hermana de mi amigo.

Aparto la cara al pensar en Hiro. No quiero que el anciano vea las lágrimas que se me acumulan en los ojos.

Pero a mi lado está Keiko y, mientras observo su diminuto cuerpo moverse con cada respiración, el alivio se apodera de mí.

–La has salvado –dice el hombre.

Niego con la cabeza de nuevo.

–Todavía no –respondo.

Keiko se acerca a mí y la cojo de la mano.

–¿Dónde estaba cuando pasó? –le pregunto al hombre.

–En casa, desayunando con mi mujer. Mis heridas son por fragmentos de vidrio y de ladrillo. La explosión me lanzó por la habitación. –Se lleva una mano a la cara y a la cabeza–. El *pika* –continúa–. El *don*, la explosión. Creía que nos había golpeado un meteorito.

–No escuché ningún *don* –le digo.

–Vine hasta aquí desde mi casa en la zona oeste para ayudar. Cuanto más me adentraba en la ciudad, más heridos encontraba, más quemados.

—No ha sido ningún meteorito –digo–. Mi amigo vio un avión.

—Una bomba, entonces. –Se encoge de hombros–. Pero ¿qué tipo de bomba es capaz de causar algo así?

Vuelve a ofrecerme agua, pero se la paso a Keiko, que la coge con manos temblorosas.

—Le he vendado la pierna –dice el hombre–. Podrá andar, aunque no demasiado y muy despacio.

—¿Es médico? –le pregunto.

—No, soy veterinario –me responde con una sonrisa estirada–. Pero un hueso es un hueso. Aunque tú deberías ir al hospital a que te echen un vistazo a la cara y a la espalda. También deberían examinarla a ella.

—Creía que todos los hospitales estaban destrozados –respondo.

Niega con la cabeza.

—No. El hospital de la Cruz Roja estaba en llamas ayer. Lo vi y fui a ayudar. Nos pasamos horas intentando salvarlo. Sigue en pie, aunque no del todo, pero hay médicos y enfermeras.

—El hospital Shima está totalmente destrozado –le digo.

—Han montado algunos refugios en las escuelas –me cuenta–. Pero es muy probable que no tengan medicinas.

—Gracias, *sensei*.

Inclino la cabeza en un gesto de agradecimiento.

Me pongo de pie con dificultad y miro a mi alrededor, a las personas heridas, tumbadas cerca; miro a la distancia, donde deberían encontrarse los edificios emblemáticos de la ciudad, para hacerme una idea de qué dirección debo seguir.

—No hay nada —le digo.

—Muy poco —responde el hombre–. Pero las cenizas enriquecen la tierra y la hacen fértil.

Me cuesta aceptar su optimismo, pero agradezco el sentimiento.

Los ojos marrones y profundos de Keiko muestran dolor al levantarse con la pierna izquierda atada a un trozo de madera. Cojea y se mueve con esfuerzo, pero me pasa el libro y me maravillo ante su generosidad y su amabilidad.

«Los libros son mágicos», me dijo mi padre.

Lo abrazo con fuerza. Keiko me tira de la bata que no me había dado cuenta de que llevaba y, al bajar la vista, veo que me está indicando que el libro cabe en el bolsillo.

Lo meto a presión.

—Ha dicho que el hospital de la Cruz Roja sigue en pie. Intentaremos ir allí. Gracias, *sensei*.

Me doy la vuelta y me concentro solo en la calidez de la mano de Keiko en la mía mientras nos alejamos de la orilla del río y volvemos a la masacre de nuestra ciudad.

A medida que avanzamos con dificultad, Keiko no emite ningún sonido.

A nuestra derecha, veo las ruinas ennegrecidas del centro comercial Fukuya, que sigue de pie entre tanta destrucción. Se lo enseño a Keiko.

—Está hecho de hormigón —le explico–; sigue en pie, pero las ventanas están destrozadas. El edificio en el que estabas tú también era de hormigón.

Entre mis palabras se esconden preguntas que no soy capaz de plantear.

Cada vez que la fatiga y el dolor me parecen insoportables, miro a Keiko, que sigue avanzando con dificultad cogida de mi mano, y fuerzo a mis pies a continuar caminando y a mis pulmones doloridos a respirar.

–Mira, Keiko –digo mirando atrás–. Hemos caminado tanto que el puente parece más pequeño.

Continúo hablando más que nada para aliviar la monotonía. Ella no asiente ni responde. Su cara es una máscara tras la que no soy capaz de ver.

–Vamos a cantar –le propongo, desesperado por llenar sus oídos de sonidos normales que pertenecen a los días de felicidad, a los días de... «antes»–. Alguna canción que cantaras en la escuela... O en casa. Algo...

Me duele la garganta por la sed y la cabeza me va a explotar.

–¿Cómo era esa canción? ¿La que cantabas siempre?

Veo que sus grandes ojos me miran fijamente, pero no tengo ni idea de qué está pensando.

–Sí, la canción esa con la que nos volvías locos a Hiro y a mí. ¿Era sobre un paraguas?

Por primera vez, noto un cambio en su expresión, pero sigue sin decir nada.

Damos unos cuantos pasos más y se tropieza, pero me cuesta reaccionar y no consigo cogerla. No llora.

La cojo en brazos, la aprieto contra el pecho y sigo caminando. No pesa, pero estoy débil y el cansancio se apodera de mí en oleadas, amenazando con hacerme perder el equilibrio y mantenerme pegado al suelo.

–No queda mucho –la animo–. Llegaremos pronto. Cierra los ojos. Me acuerdo de la canción –le digo–. Si lo pienso, te escucho cantándola. Se llamaba *Día de lluvia*. ¿Te acuerdas, Keiko?

Sus ojos permanecen cerrados.

–Claro que te acuerdas. Te sabías la letra entera y los gestos para la lluvia. ¿Te apetece cantarla?

No me responde.

–¿Qué te parece cantarla mientras caminamos? Seguro que te acuerdas de toda la letra.

Mis pies siguen avanzando, aunque no soy muy consciente de estar ordenándoles que lo hagan y entiendo todavía menos cómo son capaces de continuar moviéndose.

–¿Keiko? ¿Vas a cantar?

Sigue sin responder.

No la miro. Me niego a ver lo que más temo.

–¿Keiko?

Siento el golpecito de un dedo en el brazo y sonrío aliviado.

–¿Yo? –pregunto–. ¿Quieres que cante yo?

Mueve la cabeza y asiente.

Veo a Hiro sonreír en mi imaginación.

–Día de lluvia, día de lluvia. Me gusta –canto, pero me cuesta respirar–. Mi madre... vendrá... y me traerá un paraguas, chof... chof, plas, plas... tap, tap, tap... corre... corre.

Con el último verso, me da golpecitos con los dedos en el brazo siguiendo el ritmo, como si fueran gotas de lluvia, y recuerdo que hacía lo mismo en la cabeza de Hiro, aunque a él no le gustaba nada.

Canto la siguiente estrofa, todavía más falto de aliento y con más esfuerzo.

–La mochila... al hombro. Sigo a... mi madre. En algún... lugar... suena una campana.

Me detengo, y sus dedos dan golpecitos al ritmo de la última estrofa, aunque no la he cantado. A pesar de todo, me hace esbozar una sonrisa débil.

La letra de la canción viene acompañada de otro recuerdo: Keiko la cantaba sin parar y Hiro y yo no teníamos más remedio que escucharla, sin posibilidad de escapar, mientras hacíamos los deberes. Al final, acabábamos tarareándola mientras trabajábamos en problemas de matemáticas o escribíamos redacciones y nos dábamos cuenta de que la melodía se nos había metido en la cabeza. Recuerdos de unos tiempos más sencillos, antes de la movilización y de los aviones militares surcando el cielo.

Me esfuerzo por cantar los siguientes dos versos mientras ella sigue dando golpecitos para imitar las gotas de lluvia, pero al llegar al último, se me queda la mente en blanco.

–No me acuerdo, Keiko.

Bajo la vista. Tiene los ojos cerrados.

–¿Quieres seguir tú?

Niega con la cabeza.

–No pasa nada –digo–. Ya casi hemos llegado.

Pero, al mirar a las ruinas, me da la sensación de que el hospital todavía parece muy lejano.

No me percato de las súplicas de las personas con las que nos cruzamos y me concentro únicamente en el edificio oscuro que considero nuestro santuario, en las paredes que lo rodean, en la torre que se eleva en el centro, pero hay demasiados escombros, madera quemada o restos de edificios que nos bloquean el paso, y la única manera de avanzar es desviarnos.

El hospital se mueve.

Las dudas me inundan.

«No vamos a conseguirlo –pienso–. No puedo cargar con Keiko todo el camino».

Mis pies se ralentizan.

«Sí –me digo–. Sí que puedes».

Me obligo a seguir andando, pero pocos pasos después vuelvo a tropezarme y los dos caemos al suelo.

Apoyo a Keiko delicadamente contra los restos calcinados de un tranvía, le limpio la cara y le sacudo el polvo del pelo.

«¿Deberíamos descansar antes de continuar?», pienso.

Miro a Keiko y a las ruinas de la ciudad hacia el hospital que se eleva en la distancia. Todavía está muy lejos.

Sé que no seré capaz de cargar con ella toda esa distancia.

«Si consigo llegar, al menos habrá médicos allí –pienso–. Camillas. Y gente con más fuerzas que yo que pueden volver aquí a ayudar».

Pero, para eso... Tendría que dejar a Keiko aquí sola...

Me da vueltas la cabeza solo de imaginarlo.

«Piensa, piensa, piensa», me digo a mí mismo, pero por mucho que lo piense no se me ocurre ninguna otra solución.

Cojo aire dolorosamente y la miro.

–Keiko –le digo–, el hospital todavía está lejos... No puedes seguir caminando... No pasa nada... Pero... No tengo fuerzas... Para llevarte hasta allí...

Hago una pausa y vuelvo a respirar hondo.

–Si me esperas aquí, puedo... ir a buscar ayuda... Traer un médico o... una enfermera... con una camilla para llevarte.

Sus ojos marrones llenos de confianza me contemplan fijamente y tengo que apartar la mirada.

–Lo prometo... Volveré –le aseguro–. Lo prometo.

Hay otras personas sentadas cerca de nosotros; una mujer con un niño, dos personas con algunas marcas en la cara pero con graves quemaduras en las manos, un hombre vestido con harapos.

–Sé valiente –le digo, y le toco la mano–. Volveré... en cuanto... pueda. Lo prometo.

Me levanto con dificultad, pero siento náuseas ante lo que estoy haciendo.

«¿Es mi única opción?»

Miro por última vez por encima del hombro y la veo tan triste y vulnerable que me detengo.

Toco las páginas destrozadas del libro en mi bolsillo.

Me doy la vuelta y retrocedo unos pasos, me agacho a su lado y abro el libro.

–Mi padre me dio este libro... el día que se marchó a la guerra –le cuento–. Le prometí... que lo leería... antes de que... volviera. Pero...

Separo las hojas mojadas y arranco con cuidado la primera. Keiko abre los ojos como platos, horrorizada. Intento sonreírle a pesar de mi piel seca y agrietada.

–No pasa nada. Ya he leído esta página. Mi padre... leía mucho... y me dijo que... los libros son mágicos.

Cierro el libro, coloco la página que he arrancado encima y empiezo a doblarla con manos temblorosas.

–Voy a... buscar ayuda, pero... te voy a dejar algo de magia. –Le vuelvo a sonreír–. Para que... te cuide.

A pesar de lo cansada que está, y de lo enferma que parece, se inclina hacia delante para observar cómo mis dedos torpes se pelean con los pliegues y las arrugas del papel mojado.

Cuando termino, coloco el pájaro de origami sobre su regazo.

—Una grulla —le digo.

Se le ilumina la cara y levanta un dedo para indicarme que me acerque.

—Dime —le pregunto.

Me pide que me acerque más y más, hasta que mi oreja está junto a sus labios, y escucho un susurro tan delicado que es poco más que su aliento sobre mi piel.

—Estoy bien, no te preocupes —canta—. Mi madre vendrá y me llevará bajo su enorme paraguas, chof, chof, plas, plas, tap, tap, tap. Corre, corre, corre.

Mientras canta el último verso de la canción, da golpecitos con los dedos como gotas de lluvia.

—El último verso —susurro al apartarme para verle la cara—. Te has acordado... del último verso.

Un atisbo de sonrisa se dibuja en sus labios y por fin habla.

—Sí, Ichiro Ando.

Con el libro otra vez en el bolsillo, me levanto asintiendo con la cabeza en un gesto que no solo busca reconfortarla.

—Volveré en cuanto pueda —le digo—. No te preocupes.

La miro y, con un nudo en la garganta, susurro las palabras «lo prometo» por última vez, y lo hago de todo corazón.

«No mires atrás —me digo—. No mires atrás».

El sol pega con fuerza.

Tengo sed.

Estoy cansado.

Me da vueltas la cabeza, que me muestra imágenes de Keiko observándome desaparecer en la distancia.

El dolor de dejarla me provoca más lágrimas que cualquier bomba.

Cierro los ojos durante unos pasos y los vuelvo a abrir para asegurarme de que avanzo en la dirección correcta.

Una mujer con la cara de mi madre se acerca hacia mí y se me acelera el corazón, pero enseguida se vuelve a ralentizar cuando veo que su cara se convierte en la de otra persona.

Cierro los ojos de nuevo y sigo avanzando con dificultad.

Hiro está a mi lado.

–La has dejado sola –me dice.

–No tenía otra opción –le respondo–. No habríamos conseguido llegar. Es la única manera.

–Me lo prometiste –me dice antes de desaparecer.

Abro los ojos. El hospital está más cerca. Distingo las ventanas rotas y las marcas que ha dejado el fuego.

Lo miro fijamente y se desdibuja.

–Ya casi estás –me dice la voz de Hiro retumbando en mi cabeza.

–Estoy cansado –respondo–. Más de lo que he estado nunca en mi vida. Quiero sentarme y dormir.

–Pronto –me dice.

Un poco más adelante aparece mi padre a mi lado y huele a jabón, a champú, a betún para las botas y a tabaco.

–¿Crees que un libro es más importante que una vida? –me pregunta.

–Te hice una promesa –le respondo.

–¡Y tú le has hecho una promesa a tu mejor amigo! ¡Le juraste cuidar de su hermana pequeña!

Niego con la cabeza.

–Estoy cumpliendo con mis promesas –insisto, pero mi corazón alberga dudas.

Sigo avanzando hasta que, por fin, trepo por los escombros y las ruinas que rodean las puertas.

Siento los pies más ligeros porque veo el fin.

«Ahí».

Veo las puertas y las puedo tocar.

Las abro y entro.

Estoy dentro.

Hay gente por todas partes, de pie, sentados, tumbados, agachados.

Sobre el hormigón. Paja. Tatamis. Apelotonados.

–¡¿Dónde hay un médico?! –grito–. Por favor... Mi amiga... necesita ayuda. Se está muriendo.

–Todos nos estamos muriendo –dice una voz ronca a mis pies.

Ando con dificultad por el pasillo.

–¿Un médico? O una enfermera... Por favor... Por favor... Alguien. Solo tiene cinco años... Cinco años.

Abro una puerta que da a una gran sala. Está tan abarrotada que no se ve ni un trozo de suelo, no hay ni una sola cama libre. Solo una paciente se gira hacia mí, tiene los labios agrietados y la mirada suplicante.

–¿Agua? –me pregunta.

«Agua –pienso–. Sí, no estaría mal».

Salgo de la sala y voy avanzando con dificultad por otro pasillo.

–¡Un médico! –grito–. Por favor... Necesito... Necesito un médico para mi amiga, es una niña. ¡Por favor!

Subo una escalera, paso por encima de más personas. Abro la puerta de un almacén que también está lleno de gente.

Otra puerta da a un baño con más gente esperando a que los traten.

Keiko no se me va de la cabeza. Preocupada y sufriendo. Asustada.

«¿Cuánto tiempo lleva sola?».

Abro otra puerta, observo otra sala abarrotada, vuelvo a cerrarla y continúo. Tras otra puerta veo una oficina con sábanas en el suelo que hacen las veces de camas improvisadas y allí, entre los heridos, distingo a un hombre agachado de mirada bondadosa vestido con una bata blanca sucia.

–¿Doctor? –lo llamo.

Se gira hacia mí y veo su cara cubierta de cortes.

–Sí –me responde.

Me inclino todo lo que puedo para saludarlo.

–Por favor –murmuro, pero, cuando intento erguirme de nuevo, la sala empieza a dar vueltas y me fallan las piernas.

Aparece a mi lado, me sujeta con los brazos y me guía a un espacio en el suelo. Aunque apenas hay hueco para sentarme, no puedo estar más agradecido.

–Por favor –digo otra vez–. La hermana de mi amigo está herida... Se ha hecho daño en la pierna... Puede que se la haya roto... No podía seguir... cargando con ella.

Mis pulmones no tienen aire suficiente para permitirme hablar tanto. Inhalo una y otra vez.

—He tenido que dejarla —continúo—. Junto a un tranvía quemado... En la línea Ujina.

Intento levantar la mano para señalar, pero no tengo fuerzas.

—Sssh —me dice, y me coge la mano y me la coloca encima con cuidado—. Tranquilo.

Me acerca agua a la boca y es como estar en el cielo. Siento el alivio recorrer mi cuerpo y un hormigueo en la piel de pura emoción.

—Gracias —digo—. Gracias. Muchas gracias.

Pero no importa cuántas veces repita las palabras, no son suficientes.

Vuelve a acercarme el vaso los labios.

—Tómese su tiempo —me indica, pero niego con la cabeza porque no hay un minuto que perder.

—No ha sufrido quemaduras —continúo mientras lo observo, la cara delgada repleta de sabiduría, el pelo corto salpicado de gris, la comprensión y el dolor en su mirada—. Estaba en la escuela. Estaba rodeada de hormigón.

Asiente.

—Le hemos entablillado la pierna. Ha caminado todo lo que ha podido y después yo la he llevado pero...

Vuelve a acercarme el agua a la boca y bebo.

—Le dije que iría a buscar ayuda..., que volvería a buscarla...

Su cara no se mueve.

—¿Puede ayudarme, por favor?

Toma aire profundamente y estira los labios.

—Le prometí que volvería a buscarla... No sé lo lejos que está... Más allá de la estación Shirakami-mae... A algo más de un kilómetro de aquí... O puede que menos... No estoy seguro...

Escucho el aire escapar de sus pulmones en forma de suspiro.

—Hay seis médicos en este hospital —me dice en voz baja, tranquila—. Normalmente, hay treinta. De los seis, yo soy el que menos heridas ha sufrido.

—Una enfermera, entonces —le suplico.

Se le tensa la cara.

—Solo hay diez de las doscientas que hay habitualmente.

—Pero...

—No sé decirte dónde están las demás. Temo que hayan muerto porque sé que estarían aquí si pudieran. Estamos hasta arriba de pacientes, como ya sabes, y no paran de llegar más y más. ¿Has visto toda la gente que hay fuera?

Asiento.

—Sí —me responde—. Un panorama aterrador.

Levanta las manos y las vuelve a unir.

—Algunas de las personas que esperaban en los pasillos y en las salas ya han muerto, pero siguen ahí porque no hemos tenido tiempo de trasladarlas y, sinceramente, no estoy seguro de adónde podemos llevarlas.

—Yo podría ayudar —sugiero—. Podría...

Levanta una mano para detenerme.

—Chico, estás muy mal y, aunque todos estamos enfermos o heridos, no puedes...

—Por favor, tengo que ayudar a Keiko. Necesito que... que alguien venga conmigo... para... Por favor... Está en la línea Ujina.

Intento levantarme, pero las rodillas me fallan y vuelvo al suelo.

–Chico. –Noto el esfuerzo en su voz–. Por favor, intenta entender mi situación. En el tiempo que tardaría en llegar hasta donde está su amiga y traerla, podría tratar a más de veinte personas aquí. A treinta tal vez, dependiendo de lo que pueda hacer por ellas.

–Pero yo...

–No, no puedes, y aunque me duele tener que decir esto, no voy a dejar el hospital para ir a ayudar a tu amiga. ¿Cómo podría abandonar a miles para salvar a una? Como amigo, puedes ir, pero yo, como médico, no. Lo siento de todo corazón –continúa–. Los dos os merecéis mucho más, pero también el resto. Puedes quedarte aquí y te trataré y te cuidaré lo mejor que pueda, pero...

Niego con la cabeza.

–Tengo que volver a buscarla. No puedo dejarla.

Me cuesta ponerme de pie.

Me ayuda mientras recupero el equilibrio y sujeta el vaso cerca de mi boca para que me beba lo que queda de agua.

–Ojalá las cosas fueran diferentes –me dice al abrirme la puerta.

Mete la mano en el bolsillo y saca un tomate rojo, maduro y brillante.

Abro los ojos como platos al verlo.

–Llévaselo a tu amiga –me dice.

Me lo meto en el bolsillo y me inclino para darle las gracias.

Avanzo con dificultad por el pasillo.

«¿Por qué la he dejado?», pienso.

Paso junto a personas tiradas en el suelo sucio, por encima de ellas.

«No he conseguido nada».

Sigo caminando por escaleras que se inclinan y giran delante de mis ojos, y piso algo blando que deben de ser brazos o piernas, pero nadie grita.

«Debería estar aquí conmigo».

Hay una luz brillante al final del pasillo y avanzo hacia ella; voy chocando contra las paredes, hay manos que me empujan.

«¿Cómo he podido dejarla?».

Salgo por una de las puertas al sol abrasador, pero todo está borroso, no veo la línea del tranvía. No veo nada. No reconozco nada.

«Ya voy, Keiko».

El pánico se apodera de mí. Me duele la cabeza. Se me doblan las piernas. Caigo al suelo. Algo se aplasta contra mí. Bajo la vista y veo el rojo del tomate machacado. Me inunda la tristeza: un acto de bondad destrozado.

Se me revuelve el estómago. Vomito y vomito sin parar.

«Te salvaré».

Trato de ponerme de pie, pero el mundo tiembla a mi alrededor... Se vuelve negro... Golpea mis rodillas.

«Keiko».

Avanzo arrastrándome... Intento ponerme de pie... Las piernas no me responden...

No tengo fuerza en los brazos...

No puedo mantener la cabeza levantada...

No puedo moverme...

Kurushī, se acabó.

No queda nada... excepto aquello que no he conseguido...

–Keiko –susurro.

Abro los ojos y me encuentro en una sala a oscuras iluminada por la luz oscilante de una vela.

Las sombras saltan por las paredes a mi alrededor como los fantasmas de las personas perdidas en busca de una explicación o de una razón; me imagino sus voces roncas suplicando noticias de amigos y vecinos, de maridos y esposas, de hijos e hijas.

Ojalá tuviera respuestas. Ojalá pudiera aliviar su dolor. Pero no puedo.

Salgo de la cama y me acerco de puntillas a una gran ventana; el viento sopla a través del cristal roto.

Tengo la cabeza despejada y miro fijamente a la oscuridad más allá, al lugar en el que una vez estuvieron mi ciudad y mi hogar, ahora ocupado por el horror y el dolor.

–¿Por qué debería vivir yo y tú no? –pregunto.

Zonas de fuego naranja y amarillo destacan sobre el fondo negro, y el humo gris se eleva al cielo nocturno.

Me subo al alféizar de la ventana, me giro para mirar hacia fuera y me quedo ahí sentado.

Me pesa el cuerpo con la culpa del superviviente.

El viento arrecia y, con él, las mil páginas de un libro vuelan a mi cara y aletean alrededor de mi cabeza; levanto las manos para apartarlas porque me cortan la piel. Intento gritar por el dolor de los cortes, pero mi voz está vacía, y, mientras las observo, las páginas ralentizan el vuelo y se detienen en el aire, se dan la vuelta y se doblan para formar grullas como la que le hice a Keiko.

Los pájaros aletean y vuelan alrededor de mi cabeza en círculos, pero, tan rápido como apareció la ráfaga de aire, desaparece otra vez y esparce las grullas por la ciudad, y vuelvo a quedarme completamente solo y en silencio total.

«Ahora ya no te queda nadie –oigo en mi cabeza–. Le has fallado a todo el mundo».

Pienso en el médico, en todos los pacientes que tenía y en la escasez del tiempo. Echo un último vistazo a la ciudad en la que vivía, que ahora solo tiene heridos, y a mis sueños y esperanzas.

–Seré uno menos –digo–. Más tiempo y más oportunidades para quienes se lo merecen. Hago este sacrificio por ellos.

Tomo aire por última vez, cierro los ojos y me inclino hacia delante. Por un momento, siento el aire en mi piel y después no siento nada.

Conversaciones en voz baja.

Un pitido suave.

El ruido de ruedas por el suelo.

Primero escucho sonidos.

El clic de una puerta al cerrarse.

El crujido del papel.

–Se está despertando.

La voz de una mujer, un acento desconocido.

Mis párpados revolotean ante la claridad, y parpadeo para centrar la vista en la silueta que tengo delante.

Aparece una cara redonda con el pelo oscuro, los ojos marrones y una sonrisa lenta.

–¿Quién eres? –pregunto con voz ronca.

–Trabajo aquí.

Mi mirada flota por la sala: camas blancas, techo blanco, paredes blancas, almohadas blancas.

–¿Dónde estoy?

–En un hospital en Tokio –me responde.

Cierro los ojos, los vuelvo a abrir, pero lo veo todo igual. Suspiro y niego con la cabeza.

–No lo entiendo –le digo–. ¿Cómo he llegado hasta aquí? ¿Por qué estoy aquí?

–Te trajeron desde Hiroshima.

–Pero...

–Estabas en el hospital de la Cruz Roja. Estabas en muy mal estado...

–No... –digo.

–No me sorprende que no te acuerdes...

–No... –Intento pensar... Recordar... El destello blanco... La bomba... El calor... Encontramos a Keiko... Hiro murió... Fui andando al hospital... Abandoné a Keiko...

«Keiko», pienso.

Arrastro las piernas a un lateral de la cama y me siento con esfuerzo. Me duele el cuerpo y me martillea la cabeza, pero me destapo.

–Tengo que irme –digo.

Niega con la cabeza.

–No puedes –me responde.

Una mano firme se posa sobre mi brazo, y por primera vez me doy cuenta de que tengo las extremidades vendadas y de que estoy conectado a cables.

–Tengo que irme.

Pongo los pies en el suelo, pero, cuando intento levantarme, me mareo y tiene que sujetarme. Su cara flota frente a mí al mismo tiempo que la cama sube a mi encuentro y vuelvo a estar tumbado.

–No estás en condiciones de ir a ningún sitio –me dice.

–Tengo que volver a Hiroshima –digo–. Tengo que volver. No lo entiendes. Me estará esperando. Le dije que me esperara. Le prometí que volvería a buscarla.

Me duele la garganta al hablar y, aunque solo llevo despierto cinco minutos, estoy imposiblemente cansado.

–Por favor, ayúdame a levantarme. Tengo que irme.

–¿Quién está esperándote? –me pregunta.

–Keiko.

Su nombre suena extraño en la sala en silencio.

–No podía seguir cargando con ella. Fui a buscar ayuda, pero... La dejé sola. Junto al tranvía quemado. Fui a buscar ayuda. No podía seguir cargando con ella. Intenté...

–¿Cuándo fue eso? –me pregunta–. ¿El día de la bomba?

–Al día siguiente.

Parpadea demasiado, aparta la vista de mí y mira a la puerta, por la sala, y después vuelve a mirarme. Intenta sonreír para esconder la lástima.

–No creo que siga allí –me dice en voz baja–. Eso pasó hace un tiempo...

La miro fijamente.

–¿Cuánto tiempo?

–Debería ir a buscar a un médico –me dice–. Debería avisar de que estás despierto.

–¿Cuánto tiempo? –le pregunto otra vez.

–No sé la fecha exacta en la que llegaste aquí.

–Pero ¡sabes qué día es hoy!

–No sé...

–¡¿Cuánto tiempo?! –grito.

–¿Desde la bomba? –pregunta en voz baja–. Cuatro semanas.

–¿Cuatro semanas? –repito–. ¿Es septiembre?

Asiente.

–Es 3 de septiembre.

«¿Cuatro semanas? –pienso–. Cuatro semanas desde que dejé a Keiko de camino al hospital. Todavía la veo, sus ojos miran a los míos al pasarle la grulla. La promesa que le hice...».

–No. –Niego con la cabeza–. No, no puede ser verdad. No...

–Lo siento –dice–. De verdad.

Me pesa la cabeza y la apoyo en las manos. Me arden los ojos. Me duele el pecho. No puedo respirar. Me quema la cara.

Vuelvo a escuchar las palabras que le dije a Hiro, la promesa que le hice a Keiko, y la veo en mi mente, sentada sola junto al tranvía a medida que la oscuridad se extiende a su alrededor y la asfixia mientras me espera. En vano.

¿Cuándo perdió la esperanza?

¿Qué hizo?

¿Se movió de allí? ¿Intentó seguir con vida? ¿O se dejó ir mientras esperaba a que volviera?

–Lo siento, Keiko –susurro al aire–. Lo siento mucho.

Esta vez, ni siquiera aparto la cara para esconder las lágrimas, que caen acompañadas de oscuridad.

Me despierto mucho después.

Afuera es de noche.

Los recuerdos se agolpan de manera espontánea en mi cabeza: el doctor sujetando el vaso de agua, un tomate rojo, salir del hospital... Sí, recuerdo salir del hospital y buscar tranvías... Pero dónde... Dónde...

En el hospital... La ventana abierta... Sí, me acuerdo de eso. Me subí a la ventana, me senté en el alféizar, me incliné hacia fuera, pero... ¿Cómo puede ser?

Me imagino el hospital.

«No tiene las ventanas así –pienso–. Son grandes, sí, pero están formadas de hojas más pequeñas. No podría colarme por ahí».

«¿Y las páginas voladoras? ¿Y las grullas?».

«Lo has soñado –me digo–. Te lo has imaginado».

«Alucinaciones o deseos. No has intentado suicidarte. Es la realidad. Cuatro semanas son la realidad».

La mujer está otra vez junto a mi cama.

–Dime que eres real –le pido.

Observo cómo su boca dibuja una sonrisa y cómo le aparecen arrugas junto a los ojos.

–Soy real –me asegura–. ¿Pensabas que estabas soñando?

No respondo. «No –pienso–, pensaba que estaba muerto. O al menos eso esperaba».

–¿Eres una enfermera? –le pregunto.

Niega con la cabeza.

–Intérprete –me dice–. Estoy aquí para ayudar a los médicos.

Pongo mala cara.

–¿Para qué necesitan una intérprete? ¿De dónde son?

Hace una pausa.

–¿Recuerdas algo desde la bomba? –pregunta al final–. ¿Algo entre entonces y ahora? Los médicos me han dicho que recuperaste el conocimiento varias veces.

–No me acuerdo de nada –le respondo.

Suspira.

–Deberías comer algo –me dice, y me coloca un bol de arroz y unos palillos delante.

Vuelvo a notar el tono extraño de sus palabras.

–¿De dónde eres? –le pregunto–. ¿Del mismo sitio que los médicos?

Vuelve a hacer una pausa y veo la preocupación en su cara.

–Soy de Portland, en Oregón –me responde.

–¿Eres estadounidense?

Elevo la voz con incredulidad.

–Sí –me responde.

–¿Y los médicos? –le pregunto.

–Algunos son de Estados Unidos –me responde–. Pero no todos.

–Pero...

Arrugo las cejas porque no lo entiendo.

–¿Qué... qué hacen aquí médicos de Estados Unidos?

Coge una jarra y vierte agua en un vaso.

–Han pasado muchas cosas desde la bomba atómica –me dice.

–¿Bomba atómica? ¿No fue gasolina? ¿Ni una bomba de racimo?

–No –me dice–. Fue una bomba atómica.

La miro fijamente.

–Lanzada por Estados Unidos.

Su voz se apaga.

–Lanzaron otra sobre Nagasaki tres días más tarde.

No pronuncio palabra.

–Lo siento –dice con verdadera tristeza en la voz–. Las tropas estadounidenses vinieron tras la rendición de Japón...

–¿La rendición de Japón? No puede ser verdad. El emperador nunca se rendiría. Te equivocas. ¡Eso no es posible!

Levanto la voz, otros pacientes me miran, una enfermera asoma la cabeza, un médico se acerca, pero la mujer le indica con un gesto que no pasa nada.

–Por favor, intenta mantener la calma...

–El emperador nunca se rendiría. No puede ser verdad.

–Por favor...

Desplazo la mirada de ella a los demás pacientes de la sala con las cabezas inclinadas, al médico que sigue cerca, y recuerdo la bomba, el calor, los incendios, la destrucción, los cuerpos, y me imagino más de lo mismo en Nagasaki. Pero ¿la rendición? Me siento timado, engañado, avergonzado de nuestro ejército.

–Ese médico ¿es estadounidense? –pregunto.

–Sí, es el doctor Edwards, del ejército. Ha cuidado de ti. Yo formo parte del cuerpo de mujeres del ejército. Hice la instrucción en Iowa. Mi padre es japonés. Emigró a Estados Unidos en 1912 y conoció a mi madre allí. Siempre he hablado los dos idiomas.

–Estados Unidos ha ocupado Japón –murmuro, horrorizado al pronunciar unas palabras que suenan verdaderas, y pienso en la decepción que sentiría mi padre.

Acabaría con su propia vida antes de rendirse, como muchos otros, pero... Vuelvo a pensar en la bomba y, horrorizado y asqueado, recuerdo también los rumores que hablaban del terror causado por nuestras propias tropas durante la guerra.

—¿Habéis venido en busca de venganza? —le pregunto—. ¿Para reíros de nosotros tras conquistarnos?

Niega con la cabeza.

—No. ¿Por qué íbamos a hacer tal cosa? Hemos venido a ayudaros a reconstruir vuestro país y a estudiar los efectos de la bomba.

—¿Es eso lo que soy, entonces? ¿Un estudio de caso?

—Supongo que, en cierto modo, sí —me responde—. Solo han traído aquí a las personas más afectadas. Nadie entiende por completo los efectos de la bomba todavía. Pero han cuidado muy bien de ti. Si no te hubieran traído aquí...

Me pasa el agua. Me la bebo con calma y la sala se queda en silencio.

—¿Quién era?

Su voz suena tranquila.

—La chica que has mencionado antes. A la que le hiciste la promesa. ¿Era tu novia?

Me quedo mirando el vaso de agua, observo las ondas de la superficie.

—La hermana de mi amigo —le contesto—. Tenía cinco años.

Pienso en los cortos cinco años de Keiko y en la vida de culpa que se extiende frente a mí.

«No es una manera honorable de vivir».

—Puede que todavía esté viva —dice la mujer—. Tal vez alguien la ayudara. Podría estar en un orfanato. No sabes si ha fallecido.

No puedo responder.

–Mi padre tenía un dicho –continúa–. Cuando le decía que los deberes eran demasiado difíciles, o no conseguía aprender a montar en bicicleta, me respondía: «Eres un monje de tres días». ¿Conoces la expresión?

–Significa que te rindes demasiado rápido –le respondo.

Asiente.

–¿Crees que me rendí demasiado pronto cuando la dejé? ¿Crees que...?

–No, no, no –replica–. En absoluto. ¿Cómo podría decir algo así sin haber estado presente? No, quiero decir que te has rendido demasiado pronto ahora.

Sus palabras son demasiado amables para mí.

Se estira y coge algo de la mesa junto a mi cama.

–Creo que esto es tuyo –me dice–. Menudo libro. Tiene muchísimas páginas.

Me doy la vuelta.

–¿Cómo?

–Estaba en el bolsillo de la bata que llevabas.

Miro fijamente el tomo que descansa en sus manos.

–Es casi imposible leerlo –comenta–. Debió de mojarse. Algunas de las páginas están rígidas y las cubiertas están hinchadas. ¿Pegaste los tres volúmenes en uno?

Asiento y lo cojo, paso los dedos por los lomos y por los bordes del papel.

–Me lo dio mi padre –susurro.

–Espero que leyeras la primera página, porque alguien la ha arrancado –dice.

Me cubro la boca con la mano, no puedo pronunciar palabra. No puedo creer que haya llegado tan lejos conmigo.

—Tengo que irme —me comunica—. Vendré a verte mañana.

Se pone de pie y se dirige a la puerta.

—¿Cómo te llamas? —consigo preguntarle.

Se da la vuelta y sonríe.

—Megumi —me responde.

Los médicos son amables. Las enfermeras, también. Sus manos delicadas tocan mis quemaduras y heridas con el cuidado de un pariente o de un ser querido, pero aun así el dolor
recorre mi cuerpo cuando me quitan los vendajes. Me marcho con mis pensamientos a algún otro lugar para distraer-
me de sus gestos negativos con la cabeza y de sus chasquidos
con la lengua.

Parece que no me estoy curando.

Cuando terminan las rondas, me dejan con un montón
de periódicos, todos con fecha posterior a la bomba. Los leo
uno detrás de otro, y de otro, hasta altas horas de la madru-
gada.

Leo sobre la bomba de Nagasaki, sobre la rendición del
emperador, sobre la ocupación de nuestra tierra por parte
del enemigo. No dice mucho sobre los efectos de la bomba
excepto por las quemaduras, pero sí sobre la confusión de
los médicos que tratan a los heridos y cómo la muerte llega
a quienes parecen no sufrir heridas de manera tan repentina
como las pesadillas a quienes duermen.

A medida que leo más y más, me doy cuenta de que no
estoy enfadado ni resentido, de que no haré juicios de valor
ni tomaré partido, porque todo está hecho ya. Lo único que
veo ahora es que demasiada gente ha sufrido.

Solo paro de leer cuando las quejas de los demás pacientes hacen que tenga que apagar la pequeña luz que me ilumina, pero mi culpa no cesa aun cuando el cansancio se apodera de mí, porque, en mis sueños, cada noche, veo a Keiko.

Megumi vuelve al día siguiente. Me pasa una taza de té y la sujeto entre las manos.

En la cama de enfrente, una anciana da de comer arroz a un hombre de mediana edad y observo el cuidado con el que levanta los palillos, se los acerca a la boca y espera a que coma. Demuestra una gran paciencia.

—¿No tienes familia, Ichiro? —me pregunta Megumi.

—Mi padre fue a luchar hace cinco años. Hace tres que no sabemos nada de él. Mi madre estaba trabajando cuando cayó la bomba. No habría ningún sitio donde refugiarse.

Su silencio es su respuesta.

—¿Crees que los muertos vuelven a nosotros en sueños? —le pregunto.

—¿Como fantasmas? —me responde.

Asiento y me acerco la taza a los labios.

—Creo en el cielo y en el infierno, creo en que, si eres una buena persona, vas al cielo. Creo que Dios creó la Tierra. Pero no creo en fantasmas.

—Mucha gente afirma haberlos visto. Mi madre me contó que una mañana se despertó y vio a mi padre a los pies de la cama, con el uniforme manchado de sangre.

—Quizá solo vio lo que temía. Su imaginación le jugó una mala pasada.

Doy otro trago al té.

–Háblame de Keiko –me dice.

Veinte minutos después, estoy agotado tras contarle mi historia de ineptitud y culpa. Quiero dormir.

Pero huelo la limpieza de su uniforme, el perfume en su pelo, y cuando levanto la vista sus ojos marrones están cerca de mí y un mechón de pelo se riza junto a su oreja.

–Conozco a soldados cerca de Hiroshima –susurra–. Podría preguntarles si pueden ayudarnos. Tal vez puedan preguntar por la ciudad –comenta.

Solo asiento como respuesta, porque no puedo pronunciar palabra; el corazón me rebosa gratitud.

El tiempo en el hospital pasa como si los minutos fueran días.

Leo las páginas arrugadas de mi libro, pero todavía no he encontrado la magia de la que hablaba mi padre.

Quiero marcharme pero no me dejan y, aunque considero la posibilidad de pedir el alta voluntaria en contra de la indicación médica, temo no tener fuerzas para cuidarme y tampoco sé dónde viviría.

No sé si en Hiroshima me espera algo más que recuerdos.

Keiko sigue visitándome cada noche.

A veces, los sueños son recuerdos de ella antes de aquel día: jugando en el jardín, hablando con su madre, persiguiendo a Hiro por la casa mientras él fingía que no era lo suficientemente rápido para escapar de ella.

–¿Te sientes solo? –me preguntó una vez que compartimos mesa.

Estaba haciendo un dibujo, y Hiro y yo comentábamos los deberes.

–¿Por qué? –le pregunté.

–No tienes hermanos. Yo me sentiría sola sin Hiro.

–Yo no me sentiría solo sin ti –respondió mi amigo–. Podría comerme todos los *dorayaki* que prepara nuestra madre y no tendría que cuidar de ti mientras está trabajando.

Keiko lo fulminó con la mirada, pero, cuando Hiro volvió a concentrarse en sus deberes, me acerqué a ella y le susurré al oído: «Me sentiría solo sin ti».

Me miró con admiración y le guiñé el ojo.

Sin embargo, la mayoría de los sueños son de ese día, distorsionados por la culpa o la imaginación y convertidos en pesadillas.

Su cara cuando le pasé la grulla y me levanté para marcharme. Sus ojos cuando le prometí que volvería.

–No volviste –me dice–. Me mentiste.

Siento su peso en los brazos y su pelo en mi cara.

–Estaba muy cansado –le digo–. No lo habríamos conseguido los dos juntos. No sabía qué otra cosa hacer.

–Me abandonaste –me acusa.

Intento recordar cómo me sentí, el dolor en las extremidades y en la cara, el agotamiento, pero no puedo.

«No puede ser que te sintieras tan mal», dice una voz en mi cabeza.

«Es imposible que estuvieras tan enfermo o tan herido».

«Podrías haber continuado».

«Podrías haberla rescatado».

«Podrías haberla salvado».

Respondo a gritos en mi cabeza: «¡Ya lo sé! ¡Ya lo sé!».

También sueño con Hiro.

Sentados el uno junto al otro en primaria. Compartiendo la comida si a alguno se nos olvidaba. Volviendo a casa caminando, quejándonos de los deberes y de los profesores, de nuestros padres y de las tareas de casa.

Y con su cara en el agua, con sus ojos cuando pronuncié las últimas palabras que escuchó. Una promesa que no podría cumplir.

Noche tras noche me despierto de estas pesadillas en la oscuridad y el silencio del hospital; la ventana me tienta para que salte, y la puerta, para que salga corriendo.

«¿Por qué sobreviví si no ha sido para salvarla?», pienso.

Megumi viene a verme a menudo. Empiezo a reconocer el sonido de sus pisadas.

—No hay noticias todavía —me informa cuando mi mirada expectante se cruza con la suya.

Vivo para ver el día en el que sus pies caminen más rápido y su cara se ilumine con una sonrisa al asentir.

El hombre en la cama de al lado, que estaba a punto de recibir el alta, desarrolla una erupción en todo el cuerpo de la noche a la mañana y muere a los dos días.

A veces, pasan unos días en los que parece que no estoy enfermo, pero después de repente soy incapaz de permanecer despierto durante más de media hora, o de moverme.

Tengo las heridas muy infectadas, y se curan, pero muy lentamente.

—¿Por qué? —les pregunto a los médicos una y otra vez—. ¿Por la bomba?

Se encogen de hombros como única respuesta.

Los pensamientos sobre Hiroshima no cesan. ¿Cuánta gente murió? ¿Cuánta gente sobrevivió? ¿Qué hicieron con los muertos? ¿Dónde viven los supervivientes? ¿Están reconstruyendo la ciudad? ¿Qué pasará con el lugar donde estaba mi casa?

Las preguntas llenan mi cabeza y me distraen.

Sin parar.

Megumi intenta contestarlas, pero en la mayoría de las ocasiones no tiene respuesta y se pasa una mano por la cara cansada al pedir disculpas.

Me trae novelas estadounidenses, se sienta junto a mi cama traduciendo a medida que lee y su voz me lleva a lujosas fiestas con música de jazz, o a los campos californianos con los trabajadores inmigrantes, a las calles de Los Ángeles siguiendo a un detective; la sala se llena con la magia de la que hablaba mi padre.

Pero me impacienta mi recuperación.

Quiero sanar y quiero marcharme.

Quiero encontrar a Keiko.

Llevo unos días sintiéndome bien cuando escucho sus pies moverse con mayor rapidez por el pasillo y, con la fuerza que me faltaba desde hacía mucho tiempo, consigo sentarme a esperar que su cara radiante aparezca al girar la esquina, con su uniforme impecable y el pelo recogido en una coleta.

Pero no puedo evitar sorprenderme cuando la veo en la puerta con una chaqueta sobre los hombros y una bolsa en la mano.

–Vamos a salir –me informa–. El médico dice que te encuentras mejor. Vamos de viaje. A Hiroshima.

–¿Tienes noticias? –le pregunto.

–La verdad es que no –me responde–. Solo alguna indicación sobre dónde buscar.

Se encoge de hombros.

–Una pista tal vez.

Llevo semanas esperando este momento. Me cuesta un gran esfuerzo controlar la respiración y no mostrar ninguna emoción en la cara, pero mis piernas ya cuelgan fuera de la cama.

Está a mi lado.

–Toma –me dice–. Te he traído ropa. Espero que sea de tu talla. La han enviado los soldados.

–¿Ropa estadounidense? –le pregunto.

Asiente y coloca las prendas en la cama, a mi lado.

Unos pantalones grises, una camisa azul y un jersey. Pongo la mano encima. Suave. Limpia. Planchada.

–Te han comprado ropa interior nueva –susurra, y me pasa una bolsa de papel marrón.

–¿Por qué? –le pregunto.

–Para ayudar. Porque saben lo que es perder a alguien. Porque tienen hermanas pequeñas. Porque... no somos enemigos.

La sala se queda en silencio, igual que nuestras voces. Levanto la ropa de la cama.

–Hazles llegar mi gratitud –susurro.

El trayecto en tren de Tokio a Hiroshima es largo y tardamos casi un día entero: el tiempo que no paso durmiendo lo paso mirando por la ventana pueblos y ciudades que no había visto antes.

–¿Cómo llegué a Tokio? –le pregunto a Megumi.

–A algunos pacientes los trajeron en tren –me responde.

–¿Funcionaba el tren?

Asiente.

Observo los suaves y verdes campos, las colinas arboladas, los pequeños caminos y las casas aisladas y me pregunto qué aspecto tendrá Hiroshima ahora.

Tengo claros recuerdos acerca de cómo era antes de aquel día; el puente Aioi-bashi con su forma de T, las estatuas de pájaros de metal del puente Yenko, las barcas del río Motoyasu, los tranvías de metal o de madera traqueteando, la cúpula del edificio de promoción industrial, el ajetreo de las calles.

–Era la primera vez que Hiro y yo teníamos un día libre al mismo tiempo –comento, sin dejar de mirar por la ventana–. Si hubiera sido el día de antes o el día después, nos habría pillado en la fábrica, fabricando piezas para los aviones. Alguien me pidió que le cambiara el descanso. Si no lo hubiera hecho, no lo habría llevado hasta el río. Tal vez seguiría vivo.

–¿Cómo se dice? –me pregunta Megumi–. ¿*Shikata ga nai?*

A través de la ventana, fijo la mirada en la distancia y observo los colores de los campos, de los caminos, de las casas, de las flores y de los árboles convertidos en una masa borrosa que se mezcla.

—¿*Shikata ga nai?* —pregunto—. '¿Qué le vamos a hacer?' ¿Cómo te puedes tomar tan a la ligera la vida de alguien?

—Tenemos que vivir con las decisiones que tomamos. Lo llevaste al río para salvarlo del fuego. No tenías otra opción. Tú no lo mataste. De hecho, si no hubieras cambiado el día libre, estarías muerto. Y ¿dónde estaría Keiko entonces?

Guardamos silencio. No tengo palabras, así que no digo nada, pero entre nosotros pasan un montón de cosas en el espacio de un segundo, y en este preciso momento, me doy cuenta de lo que siento por ella.

Aparto la mirada porque, aunque es magnífico, también es un sentimiento intolerable.

Intercambiamos unas palabras nerviosas sobre la incomodidad de los trenes y lo poco prácticos que son los periódicos grandes, y algo después me quedo dormido y me transporto a un lugar abofeteado por las olas.

Ha traído comida y bebida, y cuando me despierto saca fiambreras de arroz y pescado y me las pasa junto con palillos y una servilleta.

—Me lo han dado en el hospital —me cuenta.

—¿Quién ha pagado el tren? —le pregunto.

Traga la comida.

—Entre varios.

—Te lo devolveré.

Niega con la cabeza.

—No —me dice—. Es un regalo.

—Es un gesto muy amable —susurro—. Pero no puedo aceptarlo.

—¿Por qué? —inquiere—. ¿Porque somos estadounidenses?

–No.

–¿Porque somos el enemigo?

–No eres mi enemiga, eres...

–Entonces ¿porque eres demasiado orgulloso?

Sonríe.

Niego con la cabeza y bajo la mirada.

–Porque no me lo merezco –murmuro.

La escucho tomar aire.

–¿No te mereces ser feliz? –me pregunta.

No respondo.

–¿Vivir una buena vida? ¿Tener un futuro? Tal vez, si encontramos a Keiko, seguirás adelante con tu vida.

–No me merezco nada de eso –musito–. Le fallé a ella y a mi mejor amigo. ¿Cómo puedo vivir con eso? Murió para que pudiera salvarla y no fui capaz.

–Hiciste todo lo que pudiste –me responde.

–No –digo–. No debería haberla dejado. Debería haber continuado con ella.

–Si hubieras continuado con ella, no habrías llegado al hospital. Los dos estaríais muertos. Lo hiciste lo mejor que pudiste dada la situación. Os disteis una oportunidad. Era lo único que podías hacer.

Se acerca a mí.

–Tal vez, el médico con el que hablaste volvió a buscarla o envió ayuda. Tal vez alguien la encontró y la cuidó. No lo sabes. Pero le debes a ella y a Hiro el no rendirte. Encuéntrala si puedes. Si no, lleva su recuerdo siempre contigo, pero si mueres, o te rindes, ¿quién queda para recordar? De cualquier modo: *shikata ga nai* –dice–. Es hora de que dejes de compadecerte.

Me llevo un pedazo de pescado a la boca y mastico, trago y la miro.

—Háblame de tu hogar —le pido.

La conversación se anima y se transforma en anécdotas divertidas y recuerdos felices de su infancia en Oregón, de cómo su padre llegó a Estados Unidos y de su hermano pequeño, que le escribe y le envía fotografías que la hacen sentirse culpable por no tener morriña.

—Adoro Japón —me dice—. Me gustaría conocer el país un poco más, pero...

—Nunca había salido de Hiroshima antes —le cuento, y compartimos nuestros sueños de visitar el monte Fuji, de fotografiar cigüeñas en libertad y de visitar templos sintoístas.

—Parecemos turistas —comenta con una sonrisa.

Nos sentimos cómodos y relajados a medida que pasa el tiempo y, aunque mi corazón quiere sonreír, mi cuerpo y mi cara permanecen rígidos y sin emociones; sigo cargando con la culpa por atreverme a sentir cualquier atisbo de felicidad.

El paisaje y el ambiente cambian.

Los campos de arroz ya no son exuberantes y verdes, sino que muestran un color marrón, están abrasados, y las casas están desplomadas como si sintieran dolor, con las ventanas rotas y los tejados caídos.

Después, como si hubieran trazado una frontera, las casas desaparecen.

Desde las colinas que se encuentran detrás de nosotros hasta el mar, se extienden varios kilómetros de una ciudad cementerio; algún edificio de hormigón, árboles calcinados sin hojas y postes quemados se elevan aquí y allá entre las ruinas como lápidas desgastadas por el tiempo.

El tren disminuye la velocidad mientras lo asimilamos.

–Una bomba –comento.

A mi lado, Megumi guarda silencio.

–No reconozco mi propio hogar.

Nos bajamos en la estación de Hiroshima.

Aunque el esqueleto del edificio sigue en pie, es poco más que eso. El techo está en el suelo, las ventanas están vacías y los escombros se amontonan como montañas a la espera de ser conquistadas. Pero las vías están despejadas, los trenes circulan y el andén está lleno de gente.

–¿Qué están haciendo aquí? –le pregunto a Megumi.

–Buscando a alguien, tal vez –sugiere, y se encoge de hombros–. A algún amigo o algún pariente.

Me detengo, pero multitudes de cuerpos caminan hacia mí, se dividen para esquivarme y se vuelven a formar al dejarme atrás, como si yo fuera una roca en un río.

–Tienen la mirada vacía –comenta.

–Están concentrados en lo que han venido a hacer –respondo–. No tienen tiempo para emociones, aunque las sienten bajo la superficie.

De la estación, cruzamos el río y nos dirigimos hacia el sur.

Caminamos por calles vacías, serpenteamos entre la desolación como si nuestros cerebros se hubieran desconectado y nuestros pies nos llevaran por voluntad propia. Los escombros están amontonados a los lados y se han construido chabolas con latón o trozos de madera para la gente que ha perdido sus casas. El vapor de hornillos improvisados se eleva hacia el cielo. La colada se extiende sobre las ramas esqueléticas de los árboles.

A mi lado, un hombre tira de un carro de madera, y las enormes ruedas repiquetean al pasar por los agujeros del camino. En la parte de atrás, hay un niño con las piernas quemadas.

Quiero preguntarles de dónde vienen y adónde se dirigen.

Dónde estaban cuando cayó la bomba.

Cómo sobrevivieron.

En qué condiciones y dónde viven ahora.

Si han visto a una niña con una grulla de papel hecha con la hoja de un libro.

Pero guardan silencio y los dejo estar.

–¿Adónde vamos? –le pregunto a Megumi.

Se saca un pedazo de papel del bolsillo.

–Mis contactos me han dado una lista de sitios en los que probar suerte –me dice–. Pero no sé dónde están.

Me pasa el papel.

–Escuela Fukuromachi –leo–. Escuela Oshiba.

–Las han convertido en hospitales temporales –me explica.

Leo la lista y asiento, porque creo saber dónde se encuentran estos lugares.

–Escuela Hijiyama...

–Esa es un refugio para huérfanos –comenta.

–Vamos allí primero –sugiero–. ¿Tienes mi libro?

Asiente y da un golpecito a la bolsa.

Utilizo los restos de los edificios y de la línea del tranvía para guiarme hacia el río Kyobashi y la escuela Hijiyama, giramos y nos dirigimos hacia el este.

En la distancia, a nuestra derecha, se eleva la torre del hospital de la Cruz Roja, y lucho por contener los recuerdos que no nos servirán para nada hoy, y lucho también por contener ese algo que me hace creer que Keiko va caminando a mi lado. No pienso bajar la mirada porque sé que no está ahí.

Al cruzar el río, oigo el agua que salpica contra la orilla y contra los pilares de hormigón del puente.

–¡Mira! Hay una barca de remos en el agua –dice Megumi–. Hay niños jugando en ella.

Escucho cómo los remos se sumergen y empujan y respiro profundamente para mantener los recuerdos a raya.

Encontramos la escuela Hijiyama sin mayor dificultad, ya que es uno de los pocos edificios que quedan en pie, y la gente está deseosa por ayudar.

Hay niños jugando cerca, algunos se lanzan una pelota, un par están sentados en un pedazo largo de madera convertido en un balancín, otro escala una montaña de escombros y salta el hueco que lo separa de la siguiente. Nos acercamos a un niño sentado en silencio sobre un muro de hormigón.

–Hola –le digo.

Da un respingo de la sorpresa, como si no nos hubiera visto, pero se inclina en señal de respeto.

–Estoy buscando a alguien –le digo–. Se llama Keiko Matsuya.

Niega con la cabeza.

–Es la hermana de mi amigo. Es así de alta. –Coloco la mano junto a la cadera–. Tenía el pelo por la barbilla.

Vuelve a negar con la cabeza, sin levantar la vista.

—Tenía la cara redonda y... ¿Me estás escuchando? —le suelto de golpe.

Levanta la mirada de repente pero no hacia mí, dirige la vista a algún lugar por encima de mi hombro izquierdo.

—Lo siento —me dice.

Lo miro fijamente.

—No —digo—. Soy yo quien debería pedir disculpas. ¿Qué te ha pasado en los ojos?

—Miré al *pika* directamente —me responde—. Se quemaron.

Salta del muro y, dando golpecitos con una rama en el suelo, camina hacia nosotros.

—Todo el mundo viene aquí a buscar a alguien —continúa—. Algún día, mi padre regresará de la guerra y vendrá a buscarme a mí también.

—Estoy seguro de que volverá convertido en un héroe —le digo.

Una sonrisa se dibuja en su cara.

—Y estará orgulloso de que yo haya sobrevivido —añade.

—Sin duda.

Asiento.

Pero la sonrisa desaparece de su cara e inclina la cabeza hacia un lado con expresión triste.

—Llevo aquí desde que abrió —comenta—. No he oído a nadie que se llame Keiko, y tengo muy buen oído.

—¿Tienes buena memoria? —le pregunto.

—Como el mismo emperador, *sensei*.

Escucharle usar la palabra *sensei* ('señor') me hace sonreír, porque me pregunto cuántos años cree que tengo.

—Muy bien. ¿Recordarás su nombre?

—Keiko Matsuya —responde.

–Excelente. Si te enteras de que está aquí, quiero que le des esto.

Megumi saca el libro de la bolsa y me lo pasa. Escribo «Keiko» en un margen, mi nombre y «hospital de Tokio».

El niño pone mala cara al escuchar el sonido cuando arranco la página, pero espera pacientemente mientras la doblo.

Coloco la grulla de papel en su mano. Recorre con los dedos las alas del pájaro.

–*Sensei*, necesitará mil grullas para que su deseo se cumpla.

–Si tengo que doblar mil grullas y llevarlas a mil lugares para encontrarla, entonces eso haré.

–Debe de ser muy especial.

–Para mí, lo es –susurro–. Como estoy seguro de que tú lo eres para otras personas.

Se da la vuelta y se marcha con la rama del árbol arañando el suelo frente a él; me pregunto si alguien le ha contado que la guerra ha terminado.

En cada escuela, casa, refugio u hospital que visitamos, dejo una grulla de papel, cada una con su nombre y el mío y el del hospital escritos en el borde.

En un colegio, las paredes están cubiertas de mensajes para las personas desaparecidas, así que añado uno para Keiko de mi parte y dejo la grulla al lado del mensaje en el suelo.

Las páginas de mi libro van desapareciendo transformadas en deseos de que vuelva.

No hacemos otra cosa que caminar.

Ha sido un día largo y difícil y está atardeciendo, y solo nos queda por visitar el hospital de la Cruz Roja.

El agotamiento se apodera de mí. Giro hacia el oeste para caminar de nuevo por el trazado del tranvía, como lo hice con Keiko, aunque sé que no estará ahí.

Pero sí está el vagón quemado, donde la dejé, y me siento en ese preciso lugar. No hay nada que marque este enclave, no es más que un tranvía destrozado por una bomba atómica.

Megumi se sienta a mi lado.

–¿Es aquí donde...?

–¿Donde la dejé? Sí.

–No quería decir eso...

Levanto una mano para que no siga hablando.

–Ya lo sé –susurro.

En la oscuridad, observo el fulgor del fuego entre las ruinas, de gente cocinando o resguardándose del frío. Gente viva.

–Ichiro, es posible que alguien la ayudara, o que se fuera a algún sitio y se llevara la grulla con ella, es posible que siga viva –opina.

–Es poco probable –le digo–. Aunque, técnicamente, es posible.

Me giro para mirarla. Mi expresión permanece impasible y mis ojos no se llenarán de lágrimas, pero los suyos brillan y reflejan las luces erráticas de una ciudad cargada de dolor. Posa una mano sobre la mía y todo a nuestro alrededor guarda silencio.

En nuestros propios silencios, nos escuchamos.

Ella se pone de pie y me tiende la mano.

Continuamos caminando, Megumi a mi lado sujetándome con el brazo entrelazado con el mío.

Las puertas del hospital están abiertas, invitan a entrar. Los caminos están despejados y una bandera blanca con una cruz roja cuelga de las ventanas de la torre rectangular central.

–¿Recuerdas el nombre del médico con el que hablaste? –me pregunta Megumi al llegar a la puerta principal–. El que te dio agua.

Niego con la cabeza.

–Solo recuerdo el aspecto que tenía.

Entramos y vemos a una joven tras un mostrador. Está rodeada de pacientes sentados en sillas o en el suelo, apoyados contra la pared o contra mesas inestables. Al acercarnos, se pone de pie, sonríe y se inclina ante nosotros.

–Estoy buscando a alguien –le digo–. Una niña, tiene cinco años. Se llama Keiko Matsuya.

Se vuelve a sentar y busca entre los papeles que tiene sobre el escritorio.

–No sé si está aquí. No sé dónde está –añado.

La joven deja de buscar y me mira.

–Lo siento.

Su voz y su expresión se suavizan.

–Hay mucha gente desaparecida. Puede que nunca los encontremos o sepamos...

–Por favor –digo, levantando una mano–. ¿Me permite que le explique?

Escucha mi historia y, aunque parece compasiva, sé que habrá escuchado un millón de relatos más tristes, más dolorosos o más dramáticos que el mío.

Cuando termino, me pasa un vaso de agua.

–Cuando ocurrió el bombardeo, había trescientos médicos en Hiroshima. Doscientos setenta murieron en la explosión, así que no me sorprende la reacción del doctor con el que hablaste. Me imagino lo difícil que debió de ser para él tener que negarse a ayudarte, y el dolor que eso le provocaría.

Toma aire profundamente.

–Me temo que el médico que mencionas responde a la descripción del doctor Yamamoto –continúa–. Murió la semana pasada.

Retrocedo y me sujeto al escritorio para no perder el equilibrio.

–No –susurro–. Pero... ¿de qué? Me dijo que era el que menos heridas había sufrido.

Suspira.

–No lo sabemos. Hay muchos casos así. Personas que no resultaron heridas tras la bomba y que parecían relativamente sanas enferman de repente.

Se aparta de los pacientes que esperan y baja la voz.

–Se quejan de una fatiga debilitante –comenta–. En muchos casos, desarrollan erupciones en la piel y después simplemente se van consumiendo.

Asiento y no dejo de parpadear, intentando ignorar lo cansado que estoy.

–Incluso si Keiko sobrevivió, me temo...

Su voz se va apagando.

–Me gustaría echar un vistazo. ¿Podemos? –le pregunto.

Asiente.

–Por supuesto.

El hospital ya no parece una escena recién salida del infierno como aquella noche, pero las ventanas siguen rotas y, aunque las han cubierto con plástico para ofrecer algo de protección, la lluvia se cuela por los lados y el viento lo agita con fuerza, lo que perturba la tranquilidad que necesitan los pacientes. Sigue abarrotado.

En los pasillos, no queda una silla libre: están todas ocupadas por alguien a la espera de tratamiento o medicamentos. En las salas, todas las camas junto a las que paso están ocupadas y cada cara me mira fijamente con la esperanza de que sea un familiar o un amigo perdido, y cada cara aparta la mirada con decepción al ver que no lo soy.

La mayoría son adultos, pero de repente veo un cuerpo del tamaño de un niño y algo en mi interior se llena de esperanza, aunque la pierdo rápidamente cuando se da la vuelta y no tiene la cara de Keiko.

No está en la primera sala que comprobamos y tampoco en la última.

No está en ninguna de las sillas ni de las camillas.

Tampoco paseando por ninguno de los pasillos ni hablando con ninguna de las enfermeras ni mirando a través de las ventanas rotas.

–Deberíamos encontrar algún sitio donde pasar la noche –me susurra Megumi.

No respondo, pero la sigo cuando se gira y echa a caminar.

Pensábamos que encontrar algún lugar para pasar la noche sería fácil, pero estoy demasiado cansado para volver a ninguna de las bases estadounidenses y, por supuesto, apenas hay casas y la idea de un hostal es impensable.

Todas las salas están llenas, así como las de espera, de modo que salimos a la oscuridad y rodeamos el hospital siguiendo los caminos estrechos y despejados de escombros en busca de algún tipo de habitación o refugio.

A un lado, apartada y casi invisible, hay una pequeña puerta. Llamamos y la abrimos, pero nadie nos responde.

Entramos con los brazos extendidos, palpando en la oscuridad.

—Está seco y a cubierto —dice.

Me siento avergonzado: es una visitante en mi país. Debería poder ofrecerle comodidades, pero no tengo nada.

En un rincón, encontramos unos tatamis viejos y algo de ropa de cama. Aunque nos pica la garganta por todo el polvo acumulado, extendemos algunos en el suelo y nos tapamos con el resto.

Escucho los sonidos de la noche: el ulular de un búho, la carrera de una rata, el crepitar de un fuego lejano en el que alguna familia se calienta. Un llanto distante.

«¿Dónde estás, Keiko? —pienso—. ¿Sigues viva? Visítame en sueños y llévame hasta ti».

Pero sé que es inútil; debemos volver a Tokio por la mañana.

El roce de las mantas de Megumi rompe el silencio y me sorprende lo extraño de la situación, ya que no me había dado cuenta hasta ahora de que no deberíamos estar compartiendo la misma habitación.

—¿Megumi? —susurro—. Lo siento. No debería estar aquí contigo. Es una falta de respeto por mi parte. Me marcho ahora mismo.

—No te preocupes —me responde—. No hace falta que vayas a ningún sitio.

La oscuridad es total en la pequeña sala y no veo nada, pero escucho que vuelve a moverse y que arrastra el tatami por el suelo.

–Gracias por acompañarme –digo, cuando la noto cerca.

–No es nada –me contesta–. Siento que no la hayamos encontrado.

No respondo.

–Aún –continúa, y posa una mano cálida sobre la mía.

–Debería quedarme –le digo a Megumi mientras cruzamos la ciudad a la mañana siguiente–. Hay muchos otros sitios en los que podría mirar.

Niega con la cabeza y veo que sus ojos recorren las heridas de mi cara, veo cómo su expresión se ensombrece.

–Tienes que regresar al hospital –me dice–. Podemos volver aquí más adelante, tal vez cuando la ciudad esté más asentada. La escuela volverá a empezar; Keiko solo tiene cinco años, todavía irá a clase. Podemos escribir o llamar a todas desde Tokio.

Sigo caminando con ella hacia la estación.

–Volveré –afirmo.

–Y yo vendré contigo –me responde.

A través de la ventana del tren, observo cómo Hiroshima desaparece; me imagino que en algún lugar entre los escombros y las ruinas, entre las chabolas y las casas improvisadas, resguardada en algún sitio, Keiko me está esperando.

Antes de que pueda volver, tal vez tenga motivos para acudir al hospital de la Cruz Roja.

Tal vez vea la grulla en la recepción, mi nombre y el suyo en el borde, y las palabras «hospital de Tokio».

Tal vez la enfermera le diga que dejé la grulla para ella, que me prometió que la cuidaría hasta que llegara el día.

Keiko sonreirá.

—Me prometió que volvería —le dirá a la enfermera—. Y lo ha hecho.

No me despierto hasta que llegamos a la estación de Tokio y escucho a Megumi pronunciar mi nombre suavemente; con la mirada nublada, la sigo a través de la estación en dirección a un taxi.

Recuerdo haber subido al coche, pero nada más hasta despertarme en mi cama al día siguiente.

Al abrir los ojos, veo al doctor Edwards y a Megumi a su lado.

—¿Qué tal en Hiroshima? —me pregunta, y ella lo traduce.

—Desolador —respondo.

—Dicen que no va a crecer nada en la zona en setenta y cinco años.

—No es cierto —comento—. Han nacido brotes nuevos. Había gente preparando pequeños huertos enfrente de las casas que han construido. ¿No has visto ninguna foto?

Niega con la cabeza.

—Rumores y más rumores —dice, y se da golpecitos en la mejilla, un gesto habitual cuando se concentra—. Han llegado más *hibakusha*. ¿Conoces esa palabra?

—Sí —respondo—. Significa 'persona afectada por la bomba', no 'superviviente'.

—Sí, así es. No eres el único *hibakusha* entre mis pacientes. Tampoco eres el primero en volver allí.

Toma aire profundamente y me mira.

–Hemos notado algo muy curioso que no puede ser coincidencia.

Intento incorporarme un poco más, pero me duele el cuerpo como si me hubiera caído rodando montaña abajo. Hago una mueca de dolor y noto la tirantez de la piel y de las quemaduras.

Megumi me ayuda.

–Todos los que han visitado Hiroshima han vuelto en peores condiciones que cuando se marcharon –continúa diciendo poco a poco, dejando tiempo para que Megumi traduzca–. Completamente agotados, con hemorragias casi imposibles de detener, heridas que estaban curando de repente vuelven a abrirse y algunos presentan manchas rojas en la piel.

Hace una pausa y baja la mirada.

–Las personas con manchas, ¿han muerto? –susurro.

Me mira a los ojos y asiente.

–Una mujer en Hiroshima tenía lo mismo –digo.

Me miro los brazos, pero no veo nada. Quiero apartar un poco la ropa para comprobar el pecho y el estómago, quiero desnudarme para mirarme todo el cuerpo.

–¿Doctor? –pregunto.

Se imagina el resto de mi pregunta y niega con la cabeza.

–No –responde–. Pero lo que intento decirte es que... esperamos poder curarte y que vuelvas al estado en el que estabas antes de tu visita. Podemos cuidarte y ayudarte a recuperarte, pero no es aconsejable que vuelvas a Hiroshima.

–Pero...

–Al menos por ahora. Si quieres recuperarte.

Vuelve a darse golpecitos en la mejilla.

–Todavía estamos aprendiendo qué es lo que está pasando –continúa en voz baja y profunda–. Por el momento, creemos que hay algo en el aire que hace que la gente enferme, pero todavía no lo comprendemos del todo. Lo que sí sabemos es que los *hibakusha* que han vuelto allí, aunque solo sea durante un día, han regresado muy enfermos. Mi recomendación es que no vuelvas.

–¿No podré vivir allí?

Suspira y me mira, después a Megumi y después al suelo.

–No te lo aconsejo.

–¿Qué pasa con la gente que está allí, en los hospitales?

–No sé qué decirte. Tal vez mejorarían si los llevaran a otro lugar. No estoy seguro. Solo sé lo que he visto y lo que otros médicos me han contado. Mi preocupación son mis pacientes, así que mi consejo para ti y para los demás es que no volváis. Por el momento.

–No tengo dónde vivir.

–¿Tu casa de Hiroshima sigue en pie? –me pregunta.

Suspiro y niego con la cabeza.

–Pero sí el terreno en el que estaba.

–Como mucha gente –responde.

Sigue hablando con Megumi, pero desconecto de la conversación.

La bomba lo ha cambiado todo.

Pienso en mi habitación: mi futón, mi escritorio cubierto de libros, las vistas desde mi ventana. Recuerdo estar sentado a la mesa mientras mi madre cocinaba, los deliciosos aromas, su sonrisa al girarse hacia mí.

El crujido de la puerta al salir para ir a clase o a la movilización, la luz del sol a través de las ramas de la mimosa,

Hiro esperándome en la esquina con Keiko para llevarla a la escuela.

Ya no existe nada de eso.

Levanto la vista y veo que el doctor Edwards me sonríe.

–Ahora te tengo que dejar –me dice, y se inclina para saludarme.

Megumi se queda conmigo y se sienta junto a la cama con las manos sobre el regazo.

–Ichiro, ¿cómo te encuentras? –me pregunta.

–Mejor después de haber dormido –le respondo–. Gracias por cuidar de mí.

Me sonríe, pero la sonrisa se borra demasiado rápido.

–Tengo algo que contarte. No es sobre Keiko, es sobre mí.

La sala está en silencio; los pacientes leen o están durmiendo, concentrados en un puzle, mirando a la nada. Megumi se acerca un poco más.

–¿Sabes quién es el general MacArthur? –me pregunta.

–Claro, es el comandante estadounidense. –Bajo la voz–. Ahora está al mando de Japón.

No para de retorcer las manos mientras habla.

–No aprueba que haya mujeres alistadas sirviendo en el extranjero.

–¿Qué significa eso de que no lo aprueba? ¿Acaso importa?

Asiente.

–Sí. Significa que, si quiero permanecer en el ejército, tengo que volver a Estados Unidos.

Me quema el pecho.

–¿Tienes que marcharte de Japón?

–Si quiero quedarme en Tokio, puedo solicitar trabajar para la administración pública, como civil.

Quiero pedirle que no se marche. Que se olvide del ejército. Que quiero estar con ella. Pero no puedo hablar. Me supera el calor que siento en el pecho y me abruma la tristeza al pensar en la posibilidad de perderla.

–He solicitado trabajar en el servicio público –me dice–. La semana pasada.

–¿Y? –le pregunto, intentando no mostrar mis emociones en la cara y mantener la voz tranquila.

–Me han dicho que sí.

Dejo escapar el aire que estaba conteniendo con más fuerza de la que esperaba.

–Pero solo durante un año. Después, tendré que volver a casa. Y también tengo que decirte... –Levanta la vista para mirarme, pero la aparta rápidamente–. No voy a seguir trabajando aquí.

Ahora me mira a los ojos.

–No te veré tan a menudo... No podré pasarme a tomar un té o a leer contigo.

–¿Pero seguirás en Japón? ¿En Tokio? –le pregunto.

Asiente.

–Si quieres, puedo venir a visitarte. Me gustaría. Si quieres.

Siento un gran alivio y no puedo evitar sonreír.

–¿Que si quiero? –replico.

Asiente.

–¿Que si quiero? –repito.

La miro y noto que una sensación de calidez recorre mi cuerpo.

–Sí –digo–. Sí que quiero.

–Bien –responde.

–¿Cada día? –le pregunto.

Vuelve a asentir y sonríe, y su sonrisa ilumina la habitación y mi mundo.

–Cada día –me confirma–. Cada día durante un año.

En el «antes», mi vida estaba planificada.

Iba a ser ingeniero. Mi padre volvería convertido en héroe de guerra. Mi madre sería feliz. Hiro y yo seríamos amigos para siempre. Iríamos a la boda del otro, celebraríamos los cumpleaños de nuestros hijos. Nos visitaríamos cada poco. No nos marcharíamos de Hiroshima porque no habría necesidad, pero viajaríamos con nuestras familias y volveríamos con anécdotas de todo lo que habíamos hecho y visto, con fotografías que compartir.

Cuando nos viéramos, me contaría historias de su hermana pequeña, Keiko, y de lo que hacía. Me diría que me mandaba recuerdos y me daría las gracias por llevarla a la escuela todas aquellas mañanas en las que su madre tenía que trabajar.

A veces, en ocasiones especiales, la vería y me maravillaría por lo mucho que habría crecido, al ver a la joven en la que se había convertido.

Mañana hará un año de aquel día.

Un año desde la última vez que vi a Keiko.

Desde que un gran destello lo cambió todo.

Hoy Megumi y yo viajamos a Hiroshima en tren por primera vez desde que me acompañó cuando todavía era su paciente.

Las circunstancias y la salud delicada no nos han permitido visitar la ciudad antes, pero en todo este tiempo –desde que recibí el alta y me instalé en una habitación en el edificio de Megumi, encontré un trabajo a tiempo parcial y volví a estudiar otra vez– he escrito a innumerables escuelas, organizaciones humanitarias, hospitales, orfanatos y refugios preguntando por Keiko, siempre incluyendo una grulla hecha con una página de mi libro, con ambos nombres y mi nueva dirección escritos en el borde.

Una carta es demasiado fácil de ignorar, olvidar o tirar a la basura. Una grulla de papel despierta curiosidad. La gente percibirá la conexión y la dejará sobre la mesa o en una repisa. Otros le prestarán más atención y la observarán con más detenimiento, leerán las palabras impresas junto a mis garabatos y se acordarán.

He dejado también una en el hospital. El doctor Edwards me prometió que la colocaría en un lugar visible.

Todavía no he sabido nada de Keiko.

Llaman a la puerta. Será Megumi, lista para marcharnos. Ha llegado a ser más importante para mí de lo que jamás habría imaginado.

Es mi amiga, mi novia, mi esperanza, mi guía, mi punto de referencia cuando estoy perdido, mi luz en la oscuridad.

Lo es todo para mí, y espero que ella sienta lo mismo.

En dos meses, su año en Japón llegará a su fin y tendrá que volver a Estados Unidos, así que estamos buscando maneras de conseguir que se quede.

Cuando lleguemos a Hiroshima, iremos a visitar el lugar donde estaba mi casa, la casa de Hiro, la escuela, y acudiremos a la ceremonia conmemorativa que se va a organizar.

¿Encontraremos a Keiko?

Me llevo el libro, que cada vez tiene menos hojas. Si no damos con ella, habrá una página menos y una grulla más en el mundo, que descansará en el monumento conmemorativo.

PARTE 3

Japón, 2018

Miro fijamente a mi abuelo.
De repente ya no es
solo mi abuelo.

Es una persona con una historia,
con una vida.
Una persona que ha amado,
y a quien han amado.
Que fue joven una vez.
Hijo.
Mejor amigo.

La esperanza
de alguien.

–¿Recuerdas la leyenda? –me pregunta–.
«Debes doblar mil
grullas
de papel
para que se cumpla tu deseo».

»Al principio,
mis libros unidos tenían
mil novecientas noventa
y nueve páginas.

»¿Ahora?
Solo quedan las cubiertas.

Me inunda un mar de preguntas.
Lo miro,
agotado
por la culpa.

–Megumi, tu abuela,
era una buena persona.
Llena de esperanza.

»Pero mi padre,
tu bisabuelo,
se equivocaba.
No hay magia en las palabras.
No hay magia
en las historias.

–¿Y Keiko?
–Mi voz es apenas un susurro.
Camina de un lado a otro
mientras espero.

Bajo la tenue luz veo
el dolor,
la pena
y la culpa
que emanan de él.
–Está muerta –me dice.

Cierra la puerta de sus ojos
    y
    me deja
    fuera.

Rocas en el mar
pulidas por el tiempo,
como la vida.

Silencio
    que cuelga
    como hilos.
    Como telas
    de araña.

Pies sobre el tatami
    mientras lo sigo
    de la cocina a la habitación.
    Su cuerpo
    como un fantasma
    que flota.

–¿Cómo...
    Palabras como clavos sobre cristal.
    ... lo...
    Se agrieta.
    ... descubriste?
    Se hace pedazos.

Sus ojos
    no se cruzan con los míos.
    Deja caer
    los hombros.
    Tiende
    las manos
    que sujetan
    una carta
    entre sus dedos
    temblorosos.

-La maté

    -me dice.

Nuestras mentiras
tomamos como verdad,
cual evangelio.

Estoy sola en la cocina.
    Bajo la luz de la luna
    que se cuela por la ventana,
    saco la carta del sobre.

Cruje
    y raspa,
    el papel es viejo
    y está amarillento.
    Los pliegues se resisten a abrirse.
    Amenazan
    con deshacerse
    y rasgarse,
    con destrozar la información
    antes de que pueda leerla.
    Lo despliego con cuidado.
    Con miedo.

Las palabras saltan del papel.
    Consulta.
    Keiko Matsuya.
    Hiroshima.
    Bomba.
    Registro.
    Supervivientes.
    No hay registros.
    Muy a nuestro pesar,
    lamentamos concluir
    que debe de haber
    fallecido.

No puedo apartar la mirada
   de esa frase,
   de las palabras
   que consumieron la esperanza de mi abuelo.
   «Muy a nuestro pesar, lamentamos concluir
   que debe de haber
   fallecido».
   Fallecido.
   Fallecido.

La dejo caer sobre la mesa
   y se pliega
   sobre sí misma.
   Escondiendo
   su secreto
   y su vergüenza.

Me pregunto
   cuántas veces
   ha mirado fijamente aquella frase.
   No quiero imaginar
   el daño
   que le causaría.

–Lo siento, abuelo
   –susurro–.
   Lo siento.
   Lo siento.
   Lo siento.

Y deseo
   con toda mi alma
   poder ayudarlo.

Con ojos nuevos,
desafía recuerdos
viejos, borrosos.

Me despierto
en la oscuridad,
con frío,
rodeado de silencio.

Mi cabeza sobre la mesa
donde la dejé descansar,
con la carta a mi lado.
Las palabras
resuenan,
golpean
mi cuerpo,
como llevan haciendo
a lo largo de la historia.

El reloj marca las cinco y me pongo de pie.
A través de la ventana,
bajo una farola,
veo una silueta.
El abuelo.
Mirando fijamente
a la oscuridad
del cielo nocturno.

¿Cuántas personas
le habrán dicho
que no fue su culpa?
¿Cuántas harán falta
para que se lo crea?

Una, pienso.
　　Pero solo
　　la correcta.

Vuelvo a mirar la carta
　　y recuerdo palabras específicas.
　　«No hay registro».
　　«Muy a nuestro pesar».
　　«No hay
　　registro».

Entra en casa,
　　con la cara azulada,
　　los dedos apretados,
　　las piernas lentas.

–Siéntate –le digo,
　　y le paso
　　una taza de té caliente.

»¿Qué hiciste
　　tras recibir la carta?
　　–le pregunto–.
　　¿Adónde fuiste?
　　¿Con quién hablaste?

Rodea la taza con los dedos.
　　Su boca arrugada
　　sopla el vapor.

–Nada
    –me responde–.
    A ningún sitio.
    Con nadie.

»Has leído la carta.
    Has visto las palabras.
    Ya sabes lo que dice.
    No hay registro.
    Está muerta.
    Nos ha dejado.
    La culpa,
    el remordimiento,
    la responsabilidad
    son mías.
    Maté...

–¡No! –grito–.
    Dice que
    no hay registro.
    No hay registro de que esté viva
    pero...
    tampoco de que esté muerta.

Niega con la cabeza.
    –Habría... –dice–.
    Podría...
    Alguien...
    Algo...

En algún sitio...
–empieza a decir sin terminar nada.

Levanta las manos al aire.
   –Todo este tiempo
   –grita–.
   ¡Habría aparecido
   en algún lugar!

–Pero... tal vez...
   –le digo–.
   Tal vez...

–¡No!
   –Deja la taza de golpe sobre la mesa.
   Oigo cómo se rompe–.
   Las falsas esperanzas
   son peores
   que la desesperanza.

Se marcha furioso
   de la habitación
   y yo observo
   cómo el té se extiende por la mesa
   y gotea,
   gotea,
   gotea
   en el suelo.

La esperanza
sobre terreno firme
se ha de construir.

Duermo,
    pero no puedo parar de pensar en la historia
    del abuelo.
    Keiko
    se me aparece
    en sueños.
    Le tiendo la mano
    pero se me escapa.
    Noto la tristeza
    en los huesos
    y me llena el alma.

No puedo quitármela de encima.
    No puedo dejar de pensar en Keiko.
    Está a mi lado
    cuando me despierto.
    Está en mi cabeza
    mientras me aseo.
    Me está esperando
    mientras me visto.

«Keiko
    –pienso–.
    Lo siente.
    Déjalo estar.
    Déjanos estar».

Aunque es la culpa,
    no su fantasma,
    la que lo tiene prisionero,

yo siento otra cosa
en mí
que no me deja
estar.

Me pregunto
   si durante todos esos años
   mi abuela sintió lo mismo
   que siento
   yo
   ahora.

Y me pregunto
   si son solo
   ilusiones
   o algo
   más.

Inquebrantables,
preguntas sin respuesta
nos atormentan.

Escucho que mi madre
ha vuelto de trabajar.
La escucho
irse a la cama.
Con un té oolong a mi lado,
le doy al interruptor
y miro fijamente la pantalla.
Internet me espera.

Foros
y salas de chat.
Correos electrónicos
y mensajes.
Llamadas de teléfono
y bases de datos.
Y esperanzas.
Y más esperanzas.
Y más esperanzas
vanas.

−No
−me dicen.
−Prueba esto
−me dicen.
−Prueba aquello...
−Pregúntale a tal...
−Pregúntale a cual...
−me dicen.
−¿Le has preguntado a...?
−¿Has visto a...?

–¿Has leído a...?
–me preguntan.
–¿Has pensado en...?
–¿Te has preguntado si...?
–Sobre esto...
–intentan.
–Rezamos por ti.
Esperamos que lo consigas.
Cruzaremos los dedos
–me prometen.

–Deberías
    aceptar
    la verdad
    –me aconsejan.
    Al final.

¿La verdad?
    ¿Qué es eso?

Sale el sol,
    se eleva en el cielo.
    Brilla con fuerza,
    a diferencia de mi corazón.

El corazón me da un vuelco.
    Y otro.
    El mundo se oscurece.
    Y con él,
    mi ánimo.

-Te lo dije
　　-me dice el abuelo.
　　-¿Qué creías que ibas a hacer?
　　-añade mi madre.
　　-Acéptalo -me dice mi abuelo.
　　-¿Como has hecho tú? -le pregunto.

Nada termina
hasta haber buscado
en cada rincón.

Como.
Me desnudo.
Me tumbo
pero no consigo dormir.
Algo me araña
el cerebro.
Empuja mis pensamientos.
Me mantiene despierto.

Tap, tap, tap.
Tip, tip, tip.
Oscuridad en sueños.
Keiko
junto al tranvía.
«Espérame.
Prometo
que volveré».
Keiko.
¿Qué hiciste?
¿Adónde fuiste?
¿Qué te pasó?

Tap, tap, tap.
Tip, tip, tip.
Me despierto.
No paro de dar vueltas.
Mi cerebro no se detiene.
Escucho los ronquidos del abuelo
tras las paredes.
Qué suerte tenemos

de que esté con nosotros.
De que sobreviviera.
La vida es muy endeble.
Muy frágil.
Pero qué fuerte es el
espíritu
humano.

Me paseo por la casa.
Me gusta la noche.
El silencio.
La calma.
La ininterrumpida sensación de libertad
y aislamiento.

Enciendo el ordenador,
vuelvo a las mismas páginas.
Qué suerte tenemos,
vuelvo a pensar,
de que haya sobrevivido.

¿Qué es lo que no para de darme golpecitos en
el cerebro?
¿Qué se cuela entre mis pensamientos?
Mis dedos
escriben su nombre en la pantalla.
«Ichiro Ando».
Le doy a intro.
«Superviviente», aparece
y, a su lado,

una foto antigua.
Sonrío.
Extiendo la mano hacia la imagen.
Toco su nombre.
«Ando».

Lo toco.
La pantalla táctil
cambia.
Un enlace que
no había visto.
En el que no había pensado.

Aparecen
todas
las personas
con el apellido Ando que
sobrevivieron a Hiroshima.

Yoshiko
e Hiroshi.
Hiroko y Emiko.

Veo a
Masakatsu,
Kamiko,
Fujio
e Inosuki.

Veo a
    Takato,
    Yasujiro,
    Yoshi
    y Fujio.

Y veo a
    Keiko.

Veo a
    Keiko Ando.

Un punto de luz
basta para guiarnos en
la oscuridad.

Veo a
    Keiko
    Ando.

Atrévete y
descubre qué espera
tras esa puerta.

«¿Podría ser?»,
    pienso.
    ¿Podría ser?
    ¿Podría ser?

¿O un fantasma?
    ¿Una sombra del pasado?
    ¿Una falsa esperanza?

«Keiko Ando»,
    escribo.
    Demasiados resultados.
    «Hiroshima», añado.

Se actualiza la pantalla
    y miro fijamente
    unos ojos
    que
    miran
    a los míos.

La curiosidad
crece y se extiende.
Epifanía.

El cielo está oscuro
cuando entra mi madre.
Cuando termino de hablar
una línea naranja
se extiende en el horizonte.

–¿Estás segura?
–me pregunta.
Niego con la cabeza.

–Entonces, no haremos nada –me dice–.
Lo dejaremos estar.
Nos olvidaremos del tema.
Haremos como si no lo hubieras visto.

–Pero... –empiezo a decir.
–Pero nada –me corta–.
Está mayor,
está débil.
¿De qué serviría
darle esperanzas
por un simple quizá?

–Pero...
–Pero nada.

El cielo está más azul cuando se marcha
a trabajar.
Me quedo sentado,
la cabeza me da vueltas.

Cuando el sol brilla con fuerza
y los ronquidos del abuelo han parado
y lo veo en la puerta,
le sonrío.

De oscuridad,
a un horizonte de
color naranja.

–¿Por qué estás tan contenta? –me pregunta.
Coloco su desayuno sobre la mesa.
Una taza de té.
Una magdalena.
Levanta la vista.
Le pesan los párpados, me mira fijamente.
–¿Por qué me miras así? –me pregunta.
–Abuelo Ichiro –digo–.
¿Todavía puedes conducir?

Un pedazo de papel
doblado, en la mano,
la tinta de la dirección
me quema contra la piel.

Se encoge de hombros.
–Conducías muy bien –le digo.
–Hace mucho tiempo –me responde.
–Pero te gustaba.

Levanta la barbilla
ligeramente
y se yergue
un poco.

–Vamos a dar una vuelta –sugiero–.
Será una pequeña aventura
los dos solos.

–¿Por qué? –pregunta.
   –Porque... –le digo–.
   Porque...
   Porque...
   Pronto
   iré a la universidad.
   Y quiero...
   Quiero
   tener recuerdos
   de los dos,
   de cosas que hayamos hecho juntos.

Me mira fijamente y espero
   a que me diga que no.
   A que se dé cuenta de que miento.
   Pero no puedo
   contarle la verdad.
   Si me equivoco, le rompería el corazón.
   –¿Lejos? –pregunta.

Escondo mi sonrisa.
   –Una hora –respondo–.
   O dos, más o menos.
   No sé qué le está pasando
   por la cabeza,
   qué hay
   en su mirada.

Guarda silencio.
   Levanta la cuchara

y da golpecitos en la taza,
tap, tap, tap.
El té gotea.
Tip, tip, tip.

Me mira de reojo.
Veo una luz en su mirada
que no veía
desde hacía
años.

–Prepara comida para llevar –me dice.

Significado
que entre las palabras
grita con fuerza.

El coche sale
    a la carretera.
    Los pies del abuelo,
    que bailaron
    con la abuela,
    que corrieron en la playa
    conmigo,
    que acompañaron a mi madre
    a su primer trabajo,
    pero perdieron su entusiasmo debido
    al dolor
    y a la culpa,
    se muestran torpes sobre los pedales
    que no ha tocado
    desde hace tiempo.

El abuelo parece
    petrificado
    y entusiasmado.

Parece
    alegrarse de estar vivo.

–¡¿Por dónde?!
    –me grita.
    Señalo y gira.
    Le brillan
    los ojos.
    Una sonrisa
    en la cara.

–¿Una aventura?
      –me pregunta–.
      ¿Tú y yo?
      Asiento.
      –Te sigo.

Y eso hace.
      Estamos
      conspirando.
      Vamos
      a la aventura.

Bajamos
      las ventanas.
      Gritamos
      y vitoreamos.
      Nos reímos
      y sonreímos.
      Y seguimos
      avanzando
      por la carretera.

Compartimos el termo.
      Comemos la fruta.
      Repartimos las galletas
      y las patatas,
      el arroz
      y los fideos.
      Devoramos
      la tarta.

Dejamos el coche
de mi madre lleno
de migas
y paquetes vacíos.

Llenamos el aire
de canciones
y risas.
Y seguimos conduciendo.

Hasta que...
–Tu madre necesitará el coche.
Estoy cansado.
Es hora de volver a casa.

Miro el mapa.
–Por favor
–digo–.
Solo un poco más.
Para a un lado de la carretera
y apaga la radio.

Sus manos de pergamino sujetan las mías.
Sus ojos entrecerrados miran a los míos.
Las arrugas de su cara,
como las líneas de un mapa,
se hacen más profundas mientras lo miro.
–Mizuki, ¿adónde vamos?
–me pregunta–.
¿Qué estamos haciendo?

En el bolsillo
    el papel
    con la dirección
    me quema.
    Lo toco con los dedos.

Lo miro a los ojos y
    me imagino su vida,
    sus recuerdos
    de dolor
    y pérdida
    y de culpa.
    Quiero borrarlos
    con todas mis fuerzas.
    Pero ¿y si me equivoco?

–Se hace tarde
    –me dice.
    El rugido del motor,
    su pie torpe.

–Gracias –me dice–.
    Ha sido un buen día.
    Pero es hora de volver a casa.

Y cómo saber
cuándo la esperanza
se torna insensatez.

El camino oscuro
nos aleja.
Nos promete
llegar a casa.
Nos roba
la esperanza.
Las nubes
a nuestro alrededor
se oscurecen.

–Abuelo Ichiro –susurro–.
Si...
Si hubiera una posibilidad
de arreglar algo
para alguien,
de hacerlo feliz de nuevo,
pero solo fuera una posibilidad
que tal vez no llegase
a ningún sitio,
¿qué harías?

Frunce el ceño pero no dice nada.
–¿Es mejor que
esa persona lo intente
y no lo consiga
o que no lo intente?
¿Aunque el fracaso
le cause dolor?

El semáforo se pone en rojo.
    Para el coche.
    Me mira.
    –¿El objetivo sería
    hacerlo más feliz?
    –me pregunta–.
    ¿Arreglar algo?
    ¿Restablecer el equilibrio?

Asiento.
    –¿Te arriesgarías? –le pregunto.

El silencio es sólido.
    No puedo respirar.

–Tu abuela me dijo
    que no pueden ignorarse
    las posibilidades –me contesta–.
    Ignorar la posibilidad
    es negar
    la esperanza.
    Sin esperanza,
    no somos más que cáscaras.

El semáforo cambia de color.
    Luz verde en la cara.
    –«Negarle a alguien la esperanza es
    negarle el aire que respira», me dijo ella.

Detrás de nosotros,
  se oye una bocina.
  Se yergue.
  –¿Sabes ir hasta allí?
  –me pregunta.

Oscura nube
solo oculta el sol
por un instante.

Seguimos avanzando
    y salimos de la ciudad
    en dirección al campo.
    El mapa me pesa.

No me pregunta
    cómo lo sé
    ni qué sé.

Vemos los campos pasar.
    Carreteras que se extienden
    a derecha y a izquierda.
    Aparecen casas
    y enseguida desaparecen.

Más
    y más.
    Hasta que, al final,
    un cartel anuncia
    «Prefectura de Hiroshima».

Noto que su cuerpo se pone rígido
    y que tensa la cara.

–¿Estamos cerca?
    –me pregunta.
    Asiento.
    Sigue mis indicaciones.
    Le tiemblan las manos,

aprieta el volante
con fuerza con los dedos.

Giramos.
   La carretera se estrecha.
   –Número sesenta y cuatro –le indico.
   Aparecen árboles.
   –Abuelo Ichiro, si me equivoco...
   Levanta una mano
   y no acabo la frase.

Guarda silencio.
   Un bungaló al final de un camino privado.
   Barandillas de madera y un porche.
   Un campo delante de la casa.
   Un garaje abierto con puertas de madera.

La luz del atardecer
   tiñe
   el campo,
   la casa,
   el garaje
   y la barandilla
   de un tono sepia.
   El abuelo para a la derecha y apaga el motor.

Miramos fijamente a la casa durante
   un largo
   rato.

Una niebla planea
    sobre el suelo
    moviéndose lentamente
    como fantasmas
    que buscan
    a las
    almas
    perdidas.

Bajo la ventanilla
    y se cuela
    el canto
    de un pájaro.
    Me empapo de la calma,
    de la paz,
    de la inquietud
    y de la
    esperanza.

–¿Llamamos? –le pregunto.
    El abuelo se gira hacia mí.
    –En este momento, Mizuki,
    estoy
    en el paraíso.
    En este momento,
    no me puedo creer que
    ahí dentro
    en esa
    casa
    esté la niña a la que prometí mantener a salvo.

»Me imagino
que no decepcioné
a mi amigo
y que no traicioné
su confianza.

»Me imagino
que está viva
y que está a salvo.
Que ha vivido
una vida larga
y que es
feliz.

»Mientras permanezcamos aquí,
no soy culpable.
Es un momento maravilloso.

Los últimos rayos de sol
se estiran.
Nos tocan,
nos bañan de una luz
naranja.
Nos bañan
en calidez.

En paz,
tomamos aire
en un limbo lleno de esperanza.
Deseo

con todas mis fuerzas,
deseo
que pudiera durar
para siempre.

Pero el abuelo ha visto algo.
Escucho que coge
aire.
Veo que sus ojos
prestan atención.

–Mira
–dice sin aliento.

Baja del coche.

Se queda
quieto.

Y
el tiempo
se detiene.

Sigo su mirada.
Me esfuerzo por mirar a través del cristal.

–Mizuki –dice
en voz baja
como el viento.

Levanta una mano.
    Señala
    a la ventana.
    Fijo la vista
    y
    contengo
    la respiración.

Una
    grulla
    de papel.

Nuestras acciones
resuenan en el tiempo
como un eco...

Me quedo de pie a su lado
        y me mira
        con los ojos
        llenos de
        miedo.

Lo tomo
        de la mano.
        Mi abuelo,
        a quien
        quiero
        con
        todo
        mi
        corazón.

–Recuerda
        –le digo–.
        No has decepcionado a nadie.
        No importa si está aquí o no,
        fuiste muy valiente,
        tuviste mucho coraje,
        fuiste leal.

La contrapuerta se abre
        de golpe.
        Sale
        un adolescente.

Se queda de pie en el porche,
nos observa
acercarnos.
–¿Puedo ayudarlos?
–pregunta.
–La grulla...
–empieza a decir el abuelo, mientras avanza
lentamente–.
La grulla del alféizar.

El chico
me mira
y luego
al abuelo
y a mí otra vez.

–Estamos buscando a alguien
–le explico–.
Alguien
a quien mi abuelo conoció
hace mucho tiempo.
¿Vive aquí... la...
familia
Ando?

Despacio,
asiente.
–Sí
–responde.
Tiene la mano en la puerta–.

Soy Ichiro Ando.

Me da un vuelco el estómago.
    El abuelo tropieza
    y me coge del brazo.
    Miramos fijamente al chico.
    –Yo –dice el abuelo–
    también me llamo así.

El chico
    nos mira
    fijamente.

–Mi abuela
    me puso este nombre
    por alguien
    a quien
    conocía.

Un
    escalofrío
    me recorre
    el cuerpo.

El abuelo se vuelve a tropezar.
    Pero el chico
    le ofrece
    un brazo como apoyo,
    una silla para descansar
    y una expresión en la cara

de completo
asombro.

–La grulla...
Mi abuelo se esfuerza
por hablar
y se le quiebra la voz.
Señala la ventana,
la grulla del alféizar.

Los bordes
están marrones.
Los caracteres,
borrados.
El garabato
a mano
del borde
casi ha desaparecido
por los años
y años
de espera.

–Es suya
–dice el Ichiro joven–.
De hace mucho
tiempo.

Se me llenan
los ojos
de lágrimas

y el
pecho
de
esperanza.

-¿Es usted...?
　　-pregunta el Ichiro joven-.
　　¿Es usted...
　　el Ichiro Ando
　　de Hiroshima?

Mi abuelo
　　mira al chico
　　con los ojos
　　llenos de culpa.

-¿Está aquí?
　　-le pregunto.
　　Lo miramos
　　como nuevos brotes,
　　desesperados
　　por captar la luz del sol.

-No
　　-responde-.
　　Pero puedo llevaros hasta ella.

Una palabra,
sonidos que alteran
vidas, futuros.

El coche trastabilla.
Avanza a trompicones.
Cruza barrios de las afueras
y se adentra en la ciudad.

-Va cada semana
-dice Ichiro-.
Se pasa todo el día
en un banco en particular.
Mirando.
Esperando.

»Lleva años
con salud
delicada.
Dicen que es por
Hiroshima.

»Cuando era pequeño
-continúa-,
y ella más joven,
me habló de lo que pasó...
de Hiroshima.
Se acordaba de muchas cosas.
Me habló del chico
que la
salvó.

»Me dijo que la rescató del
fuego

y del agua.
Le dijo que descansara junto a un tranvía
mientras buscaba ayuda.

»Me contó que lo esperó.
    Pero estaba cansada
    y no podía
    mantenerse despierta.

»Me contó que se acordaba de
    que cerró
    los
    ojos.
    Cuando los abrió,
    estaba
    en un
    refugio.

»La primera palabra que dijo fue
    «Ando».
    Pensaron que era
    su apellido.
    Lo escribieron en su ficha
    y nunca
    lo cambió.
    Un gesto de respeto
    al chico
    que
    la
    salvó.

»Ya no recuerda
cuál era su apellido.

»Me dijo que
le dio la grulla
cuando fue a buscar
ayuda.
Lleva colocada en el alféizar
desde que tengo
memoria.

»Un símbolo de gratitud,
de conmemoración.
O, tal vez,
de esperanza.

Mira al abuelo
en el espejo.
–Gracias
–dice.

El abuelo
guarda silencio.
Observa a través de la ventana
las casas
y los edificios,
los árboles
y las flores,

y
la vida
pasar.

Pero veo cómo las palabras
se cuelan
en
su piel.
Veo cómo riegan
un corazón
que estaba
yermo
desde que la abuela
murió.

Ichiro se detiene
cerca de la estación de tren
y sombras de historia
pasan por
la cara del abuelo.

–Será más fácil
si vamos caminando
–dice Ichiro–.
Yo os guiaré.

–No
–le dice el abuelo a Ichiro–.
Esperadme aquí.
Sé dónde está

y conozco el camino
como la palma
de mi mano.

El pasado nos
acompaña al mirar
nuestro futuro.

-El parque estaba ahí
    -dice mientras avanzamos-.
    Ahí fue donde nos metimos en el río.
    Señala:
    -Esta es la calle por la que avanzamos.
    No parecía
    una calle
    entonces.
    La escuela de allí
    -continúa-
    es la primera que
    tu abuela y yo
    visitamos
    cuando vinimos a buscarla.

»Recorrimos este
    mismo
    camino
    juntos.
    Como hice con
    Keiko.

Saca
    un libro
    viejo
    y desgastado
    del
    bolsillo.
    Solo
    quedan

las
cubiertas.

-*La novela de Genji*
   -digo mientras avanzamos-.
   El libro que
   tu padre
   te dio
   cuando se fue
   a la guerra.
   Las páginas que
   convertiste
   en grullas
   de papel.

-Solo queda
   una grulla por hacer
   -responde.

»Allí
   -dice-.
   está el monumento conmemorativo.
   Durante treinta años, fui
   hasta que
   ya no pude
   soportarlo más.
   Tenía la esperanza de verla,
   pero
   no fue así.

–Tal vez nunca fue
    –comento–.
    Tal vez no podía soportar
    no
    encontrarte allí.

Cruzamos la calle.
    Seguimos
    la línea del tranvía.
    Doblamos una esquina.

A cierta distancia,
    a un lado de las vías,
    hay
    un banco.

El abuelo
    se detiene.

Hay quien acepta
la culpa y el dolor
como castigo.

–¿Es ahí donde la dejaste? –le pregunto.
Asiente.
–Vamos a acercarnos –sugiero,
pero sus pies
están rígidos.

–No puedo.
–Le tiembla la voz–.
No puedo
–repite–.
Todo este tiempo,
estos años...

»¿Y si...
no está ahí?
¿Y si...
me odia?
¿Y si...?

La gente pasa a nuestro alrededor,
ajena
a este anciano
y sus décadas
de dolor.

Veo cómo sus ojos
viajan
al pasado.
Vuelve a tener diecisiete años.
Lleno de inseguridades

y miedo.
Debe tomar una decisión.

–No puedo –dice–.
No sé
cómo.

Pero sé
por la historia que nos ha contado
y la vida que ha vivido
que está
lleno
de
coraje.

–Sí que puedes
–susurro.
Cojo el libro,
arranco la cubierta
y se lo paso.

–Haz lo mismo
que siempre has hecho –le digo.

Asiente
y parpadea para contener las lágrimas.
Mientras sus dedos
fuerzan la vieja cubierta
y forman pliegues torpes
y dobleces,

avanzamos entre la gente,
cada vez más cerca
del
banco.

Y
     de repente
     contengo
     la
     respiración.

Hay
     una mujer
     sentada.

Menuda,
     con el pelo gris recogido,
     sujetando algo en una mano,
     con la otra,
     dándose golpecitos
     en la pierna.

Tap,
     tap,
     tap.

Tip,
     tip,
     tip.

Siento
    un escalofrío
    y noto
    que el abuelo
    se yergue
    un poco más.

Tiene
    las manos sobre
    el regazo
    y
    los dedos
    se mueven despacio,
    de manera compleja.

Se detiene.
    Y mira
    algo
    que tiene
    en la palma de la mano.

–¿Qué es?
    –pregunto–.
    ¿Qué ha hecho?

El abuelo
    está
    sin habla.

-¿Abuelo Ichiro?
    -digo.

-Es... una...
    -susurra-.
    Es... una...
    grulla
    de papel.

De repente,
    levanta la vista,
    y mira al abuelo,
    y a la grulla
    de papel
    que sujeta
    entre los dedos.

El mundo a nuestro alrededor
    se detiene.

Ya son mil grullas
de esperanza, de verdad,
paz y dignidad.

Observo a mi abuelo,
    sus dedos de pergamino
    que sujetan
    el ala
    del pájaro
    mientras camina
    hacia
    ella.

Ella observa
    cada
    paso
    que
    da.
    Los ojos de él
    no se han
    despegado
    de
    ella.

Se detiene al llegar al banco,
    se sienta a su lado.
    No hay palabras
    en este mundo
    para describir
    la mirada
    que comparten.

No se mueven
    durante una eternidad

ni apartan
la vista
el
uno
del
otro.

Le toma una mano
y sobre ella
coloca
la grulla
que acaba
de hacer,
y sus dedos
la acarician
con un mimo
infinito.

Mi abuelo le toca la cara
y ambos sonríen.
Después de tantos
años,
de tanto
esperar,
por fin
están juntos.

Para prometer.
Valor para desear.
O soñar. Siempre.

Quiero saber
qué están diciendo.
Quiero escucharla negarse a aceptar
sus disculpas.
Ser testigo de la descarga
de su culpa,
de la aceptación de su
liberación.

Quiero escuchar la historia
de Keiko.
Qué le ha pasado
desde entonces. Cómo
ha sido
su vida.

Pero ese
lugar
en ese
banco
en este momento,
no es
para mí.

Es
su momento.

Echo un último vistazo a la grulla en la mano de
Keiko,
la última

grulla
de papel,
antes de darme la vuelta
y marcharme.

El círculo
está completo.

Pero su historia
resonará
en el
tiempo
para
siempre.

Agradecimientos

Quiero dar las gracias especialmente a Kahori Wada del Hiroshima Peace Memorial Museum, que respondió a mis muchas preguntas y compartió conmigo enlaces a exposiciones, folletos, mapas y otros documentos; a Gaye Rowley, investigadora de literatura japonesa y de la historia de las mujeres en Japón, profesora de Literatura Japonesa en la Universidad Waseda y directora asociada de su biblioteca; a Zack Davisson, traductor japonés-inglés, escritor y experto en folklore nipón. Y, por supuesto, al Museo de la Bomba Atómica. Cualquier error histórico es solo culpa mía.

Para quien quiera leer más sobre Hiroshima, recomiendo empezar por aquí y ver adónde le lleva:
Hiroshima, de John Hersey
Lluvia negra, de Masuji Ibuse
Diario de Hiroshima: cuaderno de un médico japonés, de Michihiko Hachiya
Este librito tiene una larga historia, y dos personas en particular me han ayudado en todas sus fases y transformaciones. Sin ellas, mi cabeza estaría más abarrotada, y mi am-

bición, más acallada. Gracias a Rebecca Mascull y Emma Pass por vuestro apoyo y vuestra amistad, que han hecho posible que *La última grulla de papel* sea lo que es.

Coger el manuscrito de la estantería en la que llevaba tres años y dejarlo en manos de Emma Matthewson fue aterrador. Emma, tu entusiasmo y tu convicción me llenaron los ojos de lágrimas y le dieron vida a un proyecto que creía que nunca vería la luz. No podría haber deseado una editora más perspicaz, considerada, paciente y comprensiva.

Trabajar en un libro ilustrado con partes escritas en verso libre ha presentado retos a los que no me había enfrentado hasta ahora, así que gracias a Talya Baker y Sophie McDonnell por su paciencia, apoyo y comprensión inquebrantables. Este libro es mejor gracias a vuestras aportaciones.

Gracias también a mi maravillosa agente, Jane Willis, por leerse borradores del libro y ser mi guía, por estar siempre a mi lado.

Por supuesto, gracias a todo el equipo de Hot Key y United Agents.

Tengo la suerte de haber contado con el apoyo de muchas librerías independientes maravillosas y doy las gracias especialmente a Drake, en Stockton-on-Tees, The Book Fayre, en Woodhall Spa, y a Lindum Books, en Lincoln. Gracias también a las bibliotecarias Eileen Armstrong, Lorraine Gill, Kath Jago y Jess McFarlane.

Gracias a las muchas personas que dedicaron su tiempo a contarme sus recuerdos de la Guerra Fría, especialmente a Matt Naylor y Jim Parker.

A mis colegas escritores, por el apoyo y las risas: Chris Callaghan, Jo Nadin, Zoë Marriott, Sheena Wilkinson, Eve

Ainsworth, Liz Kessler, Gordon Smith, Helen Grant, Paula Rawsthorne, Rachel Ward, Sally Nicholls, Caroline Green, Rhian Ivory, Susie Day, Keris Stainton, Fiona Dunbar, Katy Moran, Shirley McMillan, Dan Smith, James Nicol, Leila Rasheed, Keren David y Rae Earl.

A los Savvy Authors por el grupo de apoyo y el ánimo.

A mis compañeros de Prime Writers, entre ellos Louise Beech, Louisa Treger, Sarah Jasmon, Emma Curtis, Karin Salvalaggio, Katherine Clements, Keith Mansfield, Essie Fox, Jon Teckman, Antonia Honeywell, Sarah Taylor y Rachael Lucas.

A mis camaradas de Happy Place (Beth Miller, Kerry Hadley, Melissa Bailey, Rebecca Mascull), por las risas, los canarios y las minas de carbón.

Más allá de la escritura, gracias a mi cofinalista del Double Brutal, Martin Ball, cuya distracción es bienvenida, y su inspiración, muy apreciada. Me has impulsado a alcanzar algo que jamás creí posible. Ojalá volvamos a Mordor algún día; será un viaje difícil, pero sé que la compañía será buena.

Gracias también a mis colegas de 2019 Iron: Tracey Wilkinson, Daniela Dumitrescu y Rob Keep. Y a Carl Wilkinson, siempre interesado y curioso.

Por último, a mi familia, Helen y Patrick Megginson, Janet y Jack Baron, Colin, papá y Ann, Meghan.

Y, por supuesto, a Jess, Danny, Bowen y Russ: sois mi mundo.

Índice

Kerry Drewery

Kerry Drewery es la autora de la trilogía *CELL 7*. El primer libro de la serie ganó el premio Spellbinding Book of the Year 2018 y se ha traducido a varias lenguas, igual que sus otras dos novelas juveniles: *A Brighter Fear* (2012) (que ganó el Love Reading 4 Kids Book of the Month y fue finalista para el premio Leeds Book Award) y *A Dream of Lights* (2013) (nominada para la CILIP Carnegie Medal, ganadora del Highly Commended en los premios North East Teen Book Awards y finalista en los premios Hampshire Independent Schools Book Awards). HarperCollins ha publicado ambas en el Reino Unido y Callenbach en los Países Bajos.

Bambú Exit